AF400588

DER SONNE LETZTES FEUERWERK

Nikolai Klassen's letztes Memoire

In Namen Gottes, halte einen Moment inne, beende deine Arbeit, schau dich um

Leo Tolstoy

Als ich mich durch den knietiefen Schnee kämpfte und meine Stiefel auf dem gefrorenen Boden knirschten, lag die Welt um mich herum in ruhigem Weiß. Die Sonne, damals noch ein entfernter Freund, malte die Landschaft in Nuancen sanfter Pastelltöne, während sie tief am Horizont hing und lange Schatten über die schneebedeckten Ebenen Kasachstans warf. Die Kälte in der Luft war beißend, eine Erinnerung daran, dass der Winter hier kein Spaß war, mit Schneeverwehungen, die oft drei Meter überschritten. Mein Atem bildete weise Wolken in der eisigen Morgenluft, und ich zog meinen Schal fester um meinen Hals, um die Kälte fernzuhalten. Das Dorf, eine Ansammlung bescheidener Häuser und gelegentlicher kleiner Geschäfte, lag eingebettet in der Umarmung der gefrorenen Steppe. Die Gebäude, mit schweren Decken aus Schnee bedeckt, sahen aus wie etwa aus einem Märchenbuch, malerisch und pittoresk. Als ich mich der Schule näherte, konnte ich nicht umhin, den alten Eichenbaum zu bemerken, der im Hof stand, seine verästelten Zweige mit Frost bedeckt.

Die rote Backsteinfassade der Schule, obwohl im großen Ganzen unauffällig, hatte Generationen von Schülern durch ihre Türen gehen sehen. Es war ein Ort des Lernens und der Mühsal für mich. Als ich mich näherte, erreichten mich die leisen Klänge von Musik. Es war das Schulradio, das eine fröhliche Melodie spielte, die im Gegensatz zum harten Wintermorgen stand. Die Melodie des Liedes, begleitet vom entfernten Lachen meiner Mitschüler, war eine bittersüße Erinnerung an die Welt, die wir kannten, bevor alles auseinanderfiel. Ich konnte sehen, wie sich die anderen Schüler versammelten, ihr Atem bildete neblige Schwaden, während sie im Schnee plauderten und spielten. Manche trugen Rucksäcke über die Schultern geworfen, während andere sich in verspielte Schneeballschlachten verwickelten. Sie schienen so sorglos, ahnungslos von der bevorstehenden Katastrophe, die bald unser Leben für immer verändern würde. Ich näherte mich dem Eingang der Schule, einer hölzernen Tür, gezeichnet von Jahren harter Winter und unerbittlicher Winde. Als ich sie öffnete und hineintrat, umhüllte mich die Wärme des Gebäudes, wieder ein Kontrast zur eisigen Welt dort draußen.

Der Flur war erfüllt von Aktivität, während die Schüler eilig zu ihren Klassenzimmern eilten, das Geräusch von Schritten hallte vom Linoleumboden wider. Ich konnte nicht umhin, mich zu fragen, was die Zukunft bereithielt. Kaum ahnte ich, dass zu dieser Zeit morgen die Welt, wie wir sie kannten, eine ferne Erinnerung sein würde, und die Sonne, die jetzt tief am Himmel hing, unser größter Feind werden würde. Aber an diesem kalten Dezembermorgen ging das Leben wie gewohnt weiter, und für einen kurzen Moment war ich nur ein Teenager, der zur Schule ging, verloren in den Melodien einer verblassenden Welt. Der Schultag entfaltete sich wie viele zuvor, eine Mischung aus Routine und dem unerbittlichen Gespenst des Mobbings, das mich verfolgte. Meine Klassenkameraden verschwendeten wie immer keine Zeit damit, mich für ihre Hänseleien ins Visier zu nehmen. Für sie war ich ein leichtes Ziel, ein Außenseiter, der nie so recht dazugehörte. Meine Freunde, wenige, aber zutiefst loyal, boten mir eine Zuflucht vor dem Sturm. Darunter war Amir, ein Mitbücherwurm, der meine Liebe zu den Werken von etlichen Autoren teilte.

Amir war eine ruhige Seele, dessen Güte durch das schüchterne Lächeln, das er oft trug, hindurchschimmerte. Zusammen fanden wir Trost in den Seiten von Dostojewskis Romanen und diskutierten über die Komplexitäten der menschlichen Natur und die Kämpfe der Charaktere, die sich genauso verloren, fühlten wie wir in dieser Welt. Dann war da noch Lana, ein Mädchen mit einem feurigen Geist und einem scharfen Verstand. Lana hatte ein Talent, die Fassaden der Menschen zu durchschauen, und sie scheute nie davor zurück, ihre Freunde zu verteidigen. Mit ihr an meiner Seite fühlte ich mich etwas mutiger, etwas mehr in der Lage, die täglichen Stürme zu überstehen, die in unserer Schule tobten. Im Laufe des Tages wechselten wir von einer Klasse zur nächsten und nahmen die Lektionen auf, die unsere Lehrer vermittelten. Das kasachische Schulsystem verlangte Disziplin und harte Arbeit, aber es war eine willkommene Ablenkung von den harten Realitäten außerhalb dieser Mauern. Ich klammerte mich an mein Exemplar von Dostojewskis "Schuld und Sühne" wie an eine Lebensader und fand Trost im gequälten Geist von Raskolnikov, einem Charakter, der mit Schuld und Erlösung in einer Welt rang, die oft unbarmherzig erschien. Die vergilbten Seiten des Romans waren eselsohrig und abgenutzt von unzähligen Lesungen, ein Zeugnis für den Trost, den er bot. Die Mittagszeit war sowohl eine Atempause als auch ein Schlachtfeld. In der Schulcafeteria saß ich mit Amir und Lana, unser kleiner Kreis ein Zufluchtsort vor den grausamen Blicken und dem Geflüster, das mir wie Schatten folgte. Wir sprachen über unsere Träume, unsere Hoffnungen auf eine bessere Zukunft und die Welt jenseits der schneebedeckten Ebenen Kasachstans. Nach dem Mittagessen, als die Wintersonne tief am Himmel hing, besuchten wir unsere letzten Stunden des Tages. Das Klassenzimmer war ein Meer von Gesichtern, einige vertraut und andere gleichgültig gegenüber meiner Existenz. Die Worte des Lehrers waren ein entferntes Murmeln, während mein Geist in die Welt von Dostojewski zurückdriftete, in die Charaktere mit dem Gewicht ihrer Handlungen rangen. Als die Schlussglocke läutete und das Ende des Schultages signalisierte, sammelten Amir, Lana und ich unsere Sachen. Wir machten Pläne, uns an unserem geheimen Ort zu treffen, einem kleinen Hain am Rande des Dorfes. Es war ein Ort, an dem wir den neugierigen Blicken unserer Peiniger entkommen konnten, wenn auch nur für eine Weile. Aber als wir nach draußen traten, hatte sich die Welt verändert. Der Himmel, einst eine Leinwand gedämpfter Pastelltöne, hatte sich in ein feuriges Spektakel verwandelt. Die Sonne, unser ständiger Begleiter, war größer und bedrohlicher geworden, und sie warf einen unheimlich roten Schein über die Landschaft. Ihre Hitze war spürbar, selbst mitten im Winter. Inmitten des Chaos und der Verwirrung, die unter den Schülern und Lehrern ausbrachen, konnte ich nicht umhin, ein tiefes Unheil zu spüren. Die Welt, so wie wir sie kannten, löste sich vor unseren Augen auf, und keine Menge an Dostojewskis Weisheit konnte uns auf das vorbereiten, was uns erwartete. Auf dem Weg zu unserem geheimen Hain hielten Amir, Lana und ich fest zusammen, unsere Freundschaft eine Quelle der Stärke in diesen unsicheren Zeiten. Die Sonne, nun ein Vorzeichen der Zerstörung, schwebte bedrohlich am Himmel, warf lange Schatten, die schienen, unsere Seelen zu berühren. Kaum ahnten wir, dass zu dieser Zeit morgen die Welt ein anderer Ort sein würde und die Bande der Freundschaft, die uns getragen hatten, auf die ultimative Probe gestellt werden würden. Aber für den Moment, im verlöschenden Licht einer Welt am Rande der Katastrophe, klammerten wir uns aneinander, unsere Herzen erfüllt von sowohl Angst als auch Hoffnung. Wir erreichten unseren geheimen Hain am Rande des Dorfes, wo die hohen Bäume etwas Schatten vor der sengenden Sonne boten. Die Luft war von Spannung durchzogen, und der rote Schimmer des Himmels warf einen unheimlichen Glanz auf alles um uns herum. Es fühlte sich an, als ob die Welt den Atem anhielt, auf etwas wartete, das wir noch nicht begreifen konnten. Amir, Lana und ich breiteten eine Decke auf dem Boden aus und setzten uns, unsere Gesichter spiegelten eine Mischung aus Unbehagen und Neugier wider. Wir sprachen über die seltsamen Ereignisse des Tages, versuchten, den ominösen Wandel der Sonne zu verstehen. Lana, immer die Realistin, schlug vor, dass wir die Nachrichten hören oder mit unseren Eltern sprechen sollten, um herauszufinden, was passierte. Aber tief in mir hatte ich ein bedrückendes Gefühl, dass dies etwas jenseits unseres Verständnisses war. Wir beschlossen, noch eine Weile zu bleiben und Trost in der Gesellschaft des anderen zu suchen.

Amir holte sein abgenutztes Exemplar von "Die Brüder Karamasow", einem weiteren Meisterwerk von Dostojewski, heraus und begann laut vorzulesen. Die Worte flossen wie ein Fluss aus Introspektion und Philosophie und entführten uns in eine Welt, die weit entfernt von dem Chaos lag, das sich um uns herum entfaltete. Während Amir las, hörten Lana und ich aufmerksam zu, unsere Gedanken vorübergehend von der Last des drohenden Untergangs befreit. Wir verloren uns in den Komplexitäten von Dostojewskis Figuren, fanden Trost in ihren Kämpfen und suchten nach Bedeutung in ihren Reisen. Stunden vergingen auf diese Weise, die Sonne sank dem Horizont entgegen und warf lange, dunkle Schatten. Es war ein Tag wie kein anderer, ein Tag, an dem die Bande der Freundschaft stärker denn je erschienen. Aber als die Sonne unter den Horizont tauchte, wussten wir, dass es Zeit war, nach Hause zu gehen. Wir falteten die Decke zusammen und machten uns auf den Weg zurück ins Dorf, der Himmel nun tiefrot, als spiegle er die Unruhe in unseren Herzen wider. Wir trennten uns mit schweren Herzen und versprachen, uns morgen wiederzusehen, unsicher, was dieser Tag bringen würde.

Kaum ahnten wir, dass morgen der Anfang vom
Ende sein würde. Der Heimweg durch den tiefen
Schnee verlief still. Die Sonne war nun unter den
Horizont getaucht, und die Welt wurde in ein kaltes,
ätherisches Licht getaucht. Unsere Fußspuren
hinterließen tiefe Eindrücke im Schnee, eine
Erinnerung an unseren Weg durch die
Winterlandschaft. Amir, Lana und ich trennten uns
am Rand des Dorfes, jeder von uns in seinen
eigenen Gedanken verloren. Der rot getönte
Himmel warf einen unheimlichen Glanz über das
Dorf, was es sowohl schön als auch bedrohlich
erscheinen ließ. Ich kam zu einem gemütlichen
kleinen Haus an, das im Herzen des Dorfes lag. Es
war eine bescheidene Behausung, aber sie war
erfüllt von Wärme und dem tröstlichen Duft
hausgemachter Mahlzeiten. Ich lebte hier mit
meiner Großmutter, meiner Mutter und meinen
beiden Schwestern, Ira und Olga. Die Großmutter,
eine strenge, aber liebevolle Präsenz in unserem
Leben, war immer zu Hause und kümmerte sich um
die Felder, die unser Haus umgaben. Sie beschwerte
sich oft über meine Schwestern, die in ihren Augen
zu faul und unaufmerksam in ihren Pflichten
waren.

Ira, die Jüngste, klebte normalerweise förmlich an ihrem Handy und schien dabei die anstehenden Aufgaben völlig zu übersehen. Olga, die ältere der beiden, verbrachte lieber Zeit bei ihren Freunden und überließ einen Großteil der Hausarbeit Großmutter und mir. Heute war jedoch alles anders. Mutter hatte einen seltenen freien Tag von ihrer Arbeit in der Dorfbäckerei. Dort arbeitete sie normalerweise lange Stunden, knetete Teig und backte Brot, um unsere Familie und das ganze Dorf mit Brot zu versorgen. Morgen planten sie und Großmutter, ihre Schwester und einige Freunde außerhalb der Stadt zu besuchen. Als ich unser warmes und einladendes zuhause betrat, begrüßte mich der Duft von frisch gekochten Manti, meinem Lieblingsessen. Großmutter hatte Stunden damit verbracht, die Teigtaschen vorzubereiten und sie mit einer herzhaften Mischung aus Hackfleisch und Gewürzen zu füllen. Der Tisch war gedeckt, und das schwach beleuchtete Zimmer fühlte sich wie ein Zufluchtsort vor der Seltsamkeit an, die von der Welt Besitz ergriffen hatte. "Ah, Nikolai, du bist zu Hause", rief Großmutter aus, als ich eintrat. Ihre Stimme war eine Mischung aus Erleichterung und Ärger, ein ständiger Begleiter in unserem Haushalt.

"Du kommst genau zur richtigen Zeit zum Abendessen. Setz dich, setz dich." Ira und Olga, die in ihren jeweiligen Ecken des Raumes herumgelungert hatten, regten sich endlich bei der Aussicht auf eine Mahlzeit. Sie setzten sich zu uns an den Tisch, und wir alle setzten uns zusammen, ein seltener Moment familiärer Einheit. Die Manti, dampfend heiß und perfekt zubereitet, waren ein Beweis für Großmutters kulinarische Fähigkeiten. Während wir uns über unsere Mahlzeit hermachten, erfüllten die Aromen unsere Münder, und für einen kurzen Moment vergaßen wir die drohende Katastrophe, die draußen lauerte. Großmutter, immer die Matriarchin, konnte die Gelegenheit nicht verstreichen lassen, ihre Beschwerden zu äußern. "Nikolai, du solltest mit deinen Schwestern sprechen", schalt sie zwischen Bissen. "Sie verbringen die ganze Zeit mit ihren Handys oder mit ihren Freunden. Kein Verantwortungsbewusstsein überhaupt." Ira rollte mit den Augen und murmelte etwas Unverständliches vor sich hin, ein nicht allzu subtiler Ausdruck des Teenager-Rebellentums. Olga, die diplomatischer war, warf mir einen entschuldigenden Blick zu, bevor sie zu ihrem Teller zurückkehrte. Ich warf einen Blick auf Mutter, die ungewöhnlich still gewesen war. Ihr Gesicht zeigte eine Mischung aus Sorge und Entschlossenheit. Es war klar, dass sie etwas Wichtiges mit uns teilen wollte, etwas, das schwer auf ihrem Gemüt lastete. Als wir unsere Mahlzeit beendeten, senkte sich eine nachdenkliche Stille über den Raum. Der rote Glanz der untergehenden Sonne draußen schien in den Raum einzudringen und lange Schatten an die Wände zu werfen. Morgen, wie Mutter enthüllen würde, würden unsere Leben sich auf Weisen verändern, die wir uns nicht hätten vorstellen können. Aber im Moment waren wir eine Familie, die um den Esstisch versammelt war, vereint durch das einfache Vergnügen eines hausgemachten Essens und die Liebe, die uns zusammenhielt. Nach unserem herzhaften Mahl von Manti legte sich der Abend in eine vertraute Routine. Ira zog sich in ihr Zimmer zurück, ihr Handy beanspruchte wieder ihre Aufmerksamkeit, während Olga beschloss, ihre Freunde zu besuchen, und Großmutter und mich allein im gemütlichen Wohnzimmer zurückließ.

Großmutter, die immer scheinbar unerschöpfliche
Energie zu haben schien, setzte ihre gewohnten
Aufgaben fort. Sie begann, Samen für die nächste
Pflanzsaison zu sortieren, ihre Finger bewegten sich
geschickt durch den Haufen, während sie das Gute
vom Schlechten trennte. Ihr Gemurmel über die
Faulheit meiner Schwestern hörte nie auf, aber es
war ein tröstlich vertrautes Hintergrundgeräusch.
Ich half bei den Aufgaben, holte Wasser aus dem
Brunnen und kümmerte mich um das Feuer im
Holzofen. Das Knistern des Holzes und die Wärme,
die es abstrahlte, bildeten einen willkommenen
Kontrast zur eisigen Welt außerhalb unserer
Wände. Mit jeder verstrichenen Stunde konnte ich
nicht umhin, ein Gefühl der Unruhe über die
Ereignisse des Tages zu spüren. Die Verwandlung
der Sonne lastete schwer auf meinem Gemüt, und
die bevorstehende Abreise meiner Mutter für ihre
Reise außerhalb der Stadt verstärkte mein
wachsendes Unbehagen. Mutter hatte sich in ihr
Schlafzimmer zurückgezogen, vermutlich um sich
vor ihrer Reise auszuruhen. Ihr Zimmer, mit seiner
einfachen Ausstattung und einem kleinen Fenster,
das einen Blick auf die schneebedeckten Felder
einrahmte, hatte eine melancholische Atmosphäre.

Ich wusste, dass sie etwas Wichtiges mit uns zu besprechen hatte, und ich hoffte auf einen Moment der stillen Besinnung vor dem Sturm. Im Wohnzimmer dauerte Großmutters Gemurre an, durchsetzt von Geschichten aus ihrer Jugend, Erzählungen von erlittenen Schwierigkeiten und gefeierten Triumphen. Ihre Geschichten waren ein Zeugnis für die Widerstandsfähigkeit unseres Volkes, eine Erinnerung an die Stärke, die durch unsere Adern floss. Der Abend wurde dunkler, und die Welt außerhalb unserer Fenster wurde zu einer pechschwarzen Leere. Der rote Glanz der Sonne war längst verblasst, ersetzt durch einen mondlosen Himmel. Es war eine Nacht wie keine andere, eine Nacht, in der die Welt den Atem anhielt in Erwartung eines unbekannten Schicksals. Als ich mich in meinem Zimmer niederließ, wirbelten die Gedanken an die Ereignisse des Tages und das bevorstehende Gespräch mit Mutter in meinem Kopf. Das Gefühl, dass unsere Leben an der Schwelle zu etwas Monumentalem standen, etwas, das die Bande unserer Familie und die Stärke unserer Seelen auf die Probe stellen würde, konnte ich nicht abschütteln.

Aber für den Moment, in der Stille unseres Zuhauses, lag ich in meinem Bett und hörte den vertrauten Geräuschen meiner Familie zu, ihre Anwesenheit eine tröstliche Erinnerung an die Liebe und Verbindung, die uns verbanden. Morgen, wenn Mutter und Babuschka ihre Reise antreten würden, würde unsere Familie ein neues Kapitel in unserer Geschichte beginnen, eines, das von Unsicherheit und Herausforderungen geprägt war, die wir uns nie hätten vorstellen können.

Der Tag begann wie jeder andere. Mama und Babuschka waren früh am Morgen aufgebrochen, um ihre Reise in eine andere, weit entfernte Stadt anzutreten. Es war eine Reise, die Mama schon eine Weile geplant hatte, eine Gelegenheit, ihre Schwester und Freunde zu besuchen. Sie hatte versprochen, uns etwas Wichtiges zu erzählen, wenn sie zurückkehrte. Die vier von uns Kindern – Olga, Ira und ich – versammelten sich um den Küchentisch zum Frühstück. Olga, immer die Verantwortungsbewusste, war bereits für die Arbeit in der Dorfbäckerei angezogen. Sie lächelte uns kurz an, bevor sie zur Tür hinausging und den Rest von uns das Frühstück beenden ließ. Während wir aßen, hing Mamas Abwesenheit wie eine stille Frage in der Luft. Wir wussten, dass sie gegangen war, um ihre Schwester zu besuchen, aber es gab etwas Unausgesprochenes, etwas Wichtiges, das sie uns noch mitteilen musste. Babuschka, die normalerweise zu Hause blieb, um sich um die Felder zu kümmern, war mit ihr auf dieser Reise gegangen. Nach dem Frühstück machten Ira und ich uns fertig für die Schule.

Wir wickelten uns in unsere wärmsten Mäntel, Schals und Handschuhe, um uns auf die eisige Kälte draußen vorzubereiten. Der Schnee hatte sich seit gestern noch höher aufgetürmt, und die Welt präsentierte sich als makellose Leinwand in Weiß. Wir machten uns auf den Weg zur Schule, der vertraute Pfad gesäumt von schneebedeckten Bäumen und gefrorenen Feldern, die sich so weit erstreckten, wie das Auge reichen konnte. Aber während wir gingen, legte sich eine Unruhe über mich, das Gefühl, dass etwas nicht ganz richtig war. Ira und ich gingen Seite an Seite, teilten uns einen Kopfhörer, während wir auf meinem alten tragbaren Musikplayer Musik hörten. Die Musik, eine Mischung aus Melodien und Texten, bot eine willkommene Ablenkung von der wachsenden Spannung in der Luft. Wir sprachen nicht viel, beide in unseren Gedanken verloren, aber die einfache Handlung, die Kopfhörer zu teilen, fühlte sich an wie eine stille Verbindung zwischen uns. Als wir uns dem halben Weg zur Schule näherten, wandte sich Ira mir zu, ihre Augen spiegelten die gleiche Unruhe wider, die ich spürte.

"Nikolai", sagte sie leise, ihre Stimme kaum über die Musik hörbar, "Hast du manchmal das Gefühl, dass etwas Schlimmes passieren wird?" Ich pausierte die Musik und sah sie an, ein Kloß bildete sich in meinem Hals. "Ira, ich habe den ganzen Morgen das gleiche Gefühl", gestand ich, meine Stimme leicht zitternd. "Es ist, als ob etwas in der Luft liegt, etwas, das wir nicht ganz erfassen können." Ira nickte, ihre Stirn von Sorge gerunzelt. Wir gingen eine Weile schweigend weiter, das Gewicht unserer unausgesprochenen Ängste lastete auf uns. Der Schnee unter unseren Füßen schien unsere Schritte zu dämpfen und eine unheimliche Stille in der Winterlandschaft zu erzeugen. Während wir unsere Reise zur Schule fortsetzten, begann sich das Wetter zu verändern. Die kalte, klare Luft der letzten Wochen wich einer ungewöhnlichen Wärme. Der Schnee um uns herum begann zu schmelzen, wodurch schlammige Pfützen entstanden, die unseren Weg anspruchsvoller machten. Die Sonne, immer noch tief am Himmel hängend, schien heller und heißer als gewöhnlich. Sie warf einen intensiven, fast fiebrigen Glanz über die Welt, verwandelte das makellose Weiß des Schnees in eine glitzernde, blendende Leinwand.

Der Kontrast zwischen der feurigen Sonne und der
eisigen Landschaft war beunruhigend, wie ein
Rätsel, das wir nicht lösen konnten. Ira und ich
warfen uns besorgte Blicke zu, unsere Gedanken
spiegelten einander wider. Etwas stimmte definitiv
nicht, und es wurde zunehmend schwerer, das
Gefühl drohender Katastrophe zu ignorieren, das in
der Luft lag. Mit schweren Herzen und einem
Gefühl der Vorahnung setzten wir unseren
Schulweg fort, jeder Schritt führte uns tiefer ins
Unbekannte. Die Welt um uns herum hatte sich
verändert, und als wir uns an unseren jeweiligen
Schulen trennten, konnte ich nicht umhin, mich zu
fragen, was der Rest des Tages bringen würde. Mein
Schulweg setzte sich fort, die Unruhe wuchs mit
jedem Schritt. Die Sonne, nun eine bedrückende
Präsenz am Himmel, schien mit einer Intensität
über uns zu wachen, die an Boshaftigkeit grenzte.
Der Schnee, nicht mehr makellos, sondern eine
matschige Masse unter unseren Füßen, machte die
Reise beschwerlicher. Die Dorfschule, ein
bescheidenes zweistöckiges Gebäude aus
verwitterten Ziegeln, kam in Sicht, während ich
mich durch das zunehmend herausfordernde
Gelände kämpfte.

Ihre Fenster, vom Frost bedeckt, gewährten einen Blick auf die Welt drinnen, eine Welt von routinemäßigen Unterrichtsstunden und vertrauten Gesichtern. Als ich den Schulhof betrat, begrüßte mich das übliche Treiben. Schüler jeden Alters, gegen die ungewöhnliche Wärme gewappnet, unterhielten sich und lachten, ihr Atem bildete in der Luft dampfende Wolken. Lehrer standen an ihren Posten, bereit, uns in einen weiteren Lerntag zu führen. Ira und ich gingen gemeinsam, bis wir den Punkt erreichten, an dem sich unsere Wege trennten. Sie besuchte eine andere Schule, eine für jüngere Schüler, und unsere Trennung markierte den Beginn unserer individuellen Reisen in die Welt der Bildung. Wir verabschiedeten uns, eine gewisse Unruhe zwischen uns bleibend, und ich beobachtete, wie sie in der Menge von Kindern verschwand, die auf ihre Schule zustrebten. Dann setzte ich meinen Weg fort, das Gewicht meines Rucksacks gefüllt mit Büchern und Notizbüchern erinnerte mich an die Verantwortlichkeiten, die mich innerhalb der Schulmauern erwarteten. Das Innere der Schule bildete einen Kontrast zur eisigen Welt draußen.

Warme Luft umhüllte mich, als ich das Gebäude betrat, und das gedämpfte Geräusch von Gesprächen und Gelächter erfüllte den Flur. Ich reihte mich in den Strom der Schüler ein, die sich auf den Weg zu ihren jeweiligen Klassenräumen machten, die Routine des Morgens verlieh dem Ganzen einen Hauch von Normalität. Der Tag begann mit meinen üblichen Fächern – Mathematik, Literatur und Naturwissenschaften. Die Unterrichtsstunden waren eine Mischung aus Routine und Ablenkung, meine Gedanken schweiften zurück zur Seltsamkeit der Welt jenseits der Klassenraumfenster. Die unerbittliche Intensität der Sonne hatte nicht nachgelassen, und die Wärme im Schulgebäude verstärkte nur mein Unbehagen. In Mathematik verschwammen die Zahlen auf der Tafel, während ich mich bemühte, mich zu konzentrieren. Die Stimme des Lehrers, normalerweise ein beruhigender Hintergrund für meine Gedanken, wurde zu einem entfernten Summen, während meine Gedanken abschweiften. In Literatur vertiefte sich unser Lehrer in die Werke russischer Schriftsteller, ihre Worte ein vertrautes Refugium in einer Welt, die sich zunehmend fremdartig anfühlte.

Die Charaktere von Dostojewski und ihre
moralischen Dilemmata schienen relevanter denn je
zu sein, ihre Kämpfe spiegelten die Unsicherheiten
unseres eigenen Lebens wider. Im Laufe des
Vormittags konnte ich nicht umhin, die Unruhe
unter meinen Klassenkameraden zu bemerken. Die
übliche Energie der Jugend war einem Gefühl der
Unruhe gewichen, einem gemeinsamen
Bewusstsein, dass etwas nicht stimmte. Während
der Mittagspause, als ich mit meinen Freunden
Amir und Lana saß, neigte sich das Gespräch
natürlich zum bizarren Wetter und der
beunruhigenden Veränderung der Sonne. Amir, die
Stimme der Vernunft, schlug vor, dass wir die
Nachrichten hören oder versuchen sollten, mehr
Informationen darüber zu bekommen, was vor sich
ging. Lana, immer schnell Wittig und aufmerksam,
teilte ihre eigenen Beobachtungen. "Hast du
bemerkt, wie heiß es wird?" fragte sie, während sie
sich den Schweiß von der Stirn wischte. "Das soll
Winter sein, aber es fühlt sich an, als wären wir
mitten im Sommer." Ich nickte zustimmend, die
drückende Hitze lastete auf mir.

Die Cafeteria, normalerweise ein Ort lebhafter Gespräche und Gelächters, fühlte sich erstickend an, und ich konnte nicht den Gedanken loswerden, dass unsere Welt weiter ins Chaos abglitt. Die Nachmittagsstunden vergingen wie im Rausch, meine Aufmerksamkeit geteilt zwischen dem Unterricht und der wachsenden Unruhe in der Luft. Die Sonne, nun eine feurige Kugel am Himmel, warf lange Schatten, die sich über den Klassenraumboden erstreckten. Die einst vertraute Welt draußen hatte sich in eine fremde Landschaft verwandelt, und die Flüstereien meiner Klassenkameraden deuteten auf eine gemeinsame Furcht vor dem Unbekannten hin. Als die Schlussglocke läutete, das Ende des Schultages signalisierend, sammelte ich meine Sachen und machte mich auf den Weg aus dem Gebäude. Die Sonne, die nun ihren Abstieg begann, warf einen feurigen Glanz über das Dorf, malte die Welt in Schattierungen von Rot und Orange. Als ich nach draußen trat, konnte ich nicht umhin, ein Gefühl des Grauens zu verspüren. Die Welt hatte sich verändert, und die Ereignisse des Tages hatten mir mehr Fragen als Antworten hinterlassen.

Ich wusste, dass etwas Bedeutendes im Gange war, etwas, das unser Leben auf eine Weise umgestalten würde, die wir noch nicht begreifen konnten. Mein Herz schlug wie eine Trommel in meiner Brust, als ich die Schule verließ, die surrealen und beunruhigenden Ereignisse des Tages hingen über mir wie eine Gewitterwolke. Die einst vertraute Landschaft des Dorfes fühlte sich nun wie ein fremdes Territorium an, getaucht in das gespenstische, karmesinrote Leuchten der Sonne. Als ich nach draußen trat, war die Welt um mich herum im Chaos. Die Schüler und Lehrer strömten aus dem Schulgebäude, ihre Gesichtsausdrücke eine Mischung aus Angst und Verwirrung. Der Boden bebte unter meinen Füßen, und ein ohrenbetäubendes Dröhnen erfüllte die Luft. Ich richtete meinen Blick nach oben, und das, was ich sah, trotzte jeder Vernunft. Zwei Flugzeuge, kolossal in ihrer Größe, rasten aufeinander zu, auf einem tödlichen Kollisionskurs. Der Himmel, einst eine Leinwand aus feurigem Rot, wurde nun zur Kulisse für ein schreckliches Schauspiel. Ich starrte in gelähmtem Entsetzen, als die beiden Flugzeuge in einer kataklystischen Explosion von Flammen und Trümmern kollidierten.

Eines der Flugzeuge wurde augenblicklich vernichtet, reduziert auf einen feurigen Regen von Wrackteilen, der über das Dorf niederging. Das andere, obwohl beschädigt, setzte seinen gefährlichen Kurs fort, sein Abstieg führte es in Richtung von Iras Schule. Die Zeit schien sich zu verlangsamen, als ich in Richtung Iras Schule sprintete, mein Herz raste, und mein Verstand war erfüllt von einer hektischen Dringlichkeit. Die Druckwelle der Explosion hallte durch die Luft, schickte Schockwellen des Schreckens durch meinen Körper. Die Welt um mich herum verschwamm, während ich rannte, meine Atemzüge kamen in keuchendes Atmen. Ich griff nach meinem Handy, verzweifelt auf der Suche nach Hilfe oder um Ira zu erreichen. Aber während ich zu wählen versuchte, blieb das Telefon gespenstisch still, der Bildschirm dunkel und reagierte nicht. Panik überflutete mich, als mir klar wurde, dass die Kommunikation unterbrochen war, mich allein mit meiner Angst und Unsicherheit zurücklassend. Ich erreichte Iras Schule in Rekordzeit, der Anblick vor mir war ein verheerendes Tableau der Zerstörung.

Das riesige Flugzeug war direkt in das Gebäude gestürzt, es zu einem rauchenden Trümmerhaufen und Flammen reduzierend. Die Luft war dick von Rauch und dem beißenden Geruch brennender Trümmer.

Ich rief nach Ira, meine Stimme erstickt von Furcht, aber es gab keine Antwort. Die Welt war zu einem Albtraum geworden, einer surrealen Landschaft, in der die Regeln der Realität nicht mehr galten. Ich stolperte durch die Trümmer, auf der Suche nach irgendeinem Zeichen meiner Schwester, betend, dass sie die Katastrophe irgendwie überlebt hatte. Die Szene war von unvorstellbarer Verwüstung geprägt. Das einst vertraute Schulgebäude war nicht mehr wiederzuerkennen, seine Struktur auf verdrehtes Metall und verkohlte Überreste reduziert. Flammen tanzten gierig, verschlangen, was übrig war, und der Rauch erschwerte das Sehen und Atmen. Ich hörte Hilferufe, die verzweifelten Stimmen von Schülern und Lehrern, die in den Trümmern gefangen waren. Ich eilte in Richtung des Geräuschs, meine Hände zitterten, als ich versuchte, Trümmer zu heben und einen Weg freizumachen. Die Hitze war erstickend, und der beißende Rauch ließ meine Augen tränen, aber ich drängte weiter, meine Entschlossenheit genährt von der Notwendigkeit, Ira zu finden. Inmitten des Chaos entdeckte ich eine Gruppe von Überlebenden, die sich zusammengekauert hatten, ihre Gesichter von Angst und Schock gezeichnet.

Ich näherte mich ihnen und fragte, ob sie meine Schwester gesehen hatten, aber ihre Antworten waren ein Chor der Verwirrung. Sie hatten den Absturz beobachtet, waren jedoch zu sehr mit ihrem eigenen Überleben beschäftigt, um einzelne Gesichter zu bemerken. Ich setzte meine Suche fort, bewegte mich durch die Trümmer mit einem Gefühl der Verzweiflung. Jeder Moment fühlte sich an wie eine Ewigkeit, während ich nach Ira rief, meine Stimme wurde von der Anstrengung heiser. Die Größe der Katastrophe war überwältigend, und ich kämpfte damit, das Ausmaß der Zerstörung zu erfassen. Als ich tiefer in die Ruinen vordrang, stieß ich auf eine Szene, die mich mit Schrecken erfüllte. Die Trümmer des Flugzeugs hatten sich in die Struktur der Schule eingebettet, ein albtraumhaftes Gewirr von Metall und Flammen geschaffen. In diesem albtraumhaften Tableau sah ich einen Hauch von Hoffnung – eine Hand, klein und zart, die sich unter einem Haufen Trümmern hervorstreckte. Mein Herz machte einen Satz, als ich vorwärts eilte, und verzweifelt durch die Trümmer grub. Meine Hände zitterten, als ich verkohlte Balken und verdrehtes Metall beiseiteschob, mein Verstand erfüllt von einem einzigen, verzweifelten Fokus – meine Schwester zu finden. Schließlich sah ich sie, blutig und zerschlagen, aber auf Wundersamerweise lebendig. Iras Augen, vor Angst weit aufgerissen, trafen meine, und für einen Moment schien die Zeit stillzustehen. Ich griff nach ihr, meine Hände zitterten, als ich sie aus den Trümmern zog und in meine Arme schloss. Tränen stiegen in beiden unseren Augen, während wir uns aneinanderklammerten, die Überwältigung des Augenblicks über uns hereinbrach. Ira war sicher, auf wundersame Weise, und die Erleichterung, die ich verspürte, war überwältigend. Die Welt um uns herum war immer noch eine Szene des Chaos und der Zerstörung, aber in diesem Moment war alles, was zählte, dass wir zusammen waren. Wir schlossen uns der Gruppe der Überlebenden an und boten so viel Trost und Hilfe an, wie wir konnten. Die Behörden, Feuerwehrleute und Rettungskräfte trafen ein, ihre Anwesenheit ein Hoffnungsschimmer inmitten der Verwüstung. Die Stunden danach waren ein Wirrwarr aus Rettungsbemühungen und Chaos. Die Verletzten wurden versorgt, und die Suche nach noch verbliebenen Überlebenden ging weiter.

Das Ausmaß der Tragödie war unbegreiflich, und das Dorf, das einmal unsere Heimat gewesen war, lag nun in Trümmern. Ira und ich, zusammen mit unseren Freunden Amir und Lana, machten uns nach den katastrophalen Ereignissen an unseren Schulen auf den Weg zur Dorfbäckerei. Die Luft war immer noch dick vom beißenden Geruch von Rauch, und der Himmel war in Rottönen und Orange vom seltsamen Wandel der Sonne gefärbt. Wir kommentierten trotz der Zerstörung um uns herum die Stille, die das Dorf umgab, ohne die üblichen Geräusche des Lebens. Während wir gingen, hielt die Wärme der Sonne an, obwohl der Winter das Land im Griff haben sollte. Der Schnee, obwohl immer noch vorhanden, begann in der ungewöhnlichen Hitze zu schmelzen und bildete matschige Pfützen zu unseren Füßen. Wir konnten nicht umhin, über die Seltsamkeit des Ganzen zu kommentieren. "Es ist, als wäre der Sommer früh gekommen", sinnierte Amir und wischte sich den Schweiß von der Stirn. "Aber irgendetwas stimmt nicht. Warum sind keine Autos auf der Straße?" Lana stimmte zu, ihr Blick durch die leeren Straßen wandernd. "Und wo sind die Sirenen?

Sollten nicht Notfallfahrzeuge zum Ort des Flugzeugabsturzes eilen?" Das Fehlen jeglicher Anzeichen von Normalität verstärkte nur unsere Unruhe. Die Welt außerhalb der Bäckerei schien leer und verlassen zu sein, ein krasser Gegensatz zu dem belebten Dorf, das wir kannten. Es war, als ob die ganze Welt verstummt wäre, von einer unheimlichen Stille umgeben. Als wir uns der Bäckerei näherten, wurde das Gefühl der Beklemmung stärker. Wir zögerten am Eingang, ein gemeinsames Gefühl der Beklemmung vereinte uns. Etwas stimmte furchtbar nicht, und die Angst, die an den Rändern unserer Gedanken genagt hatte, drohte uns zu überwältigen. Ira, immer die Mutige, drückte die Tür auf, und wir traten ein. Die Bäckerei, die immer ein Mittelpunkt der Aktivität gewesen war, war jetzt unheimlich leer. Die Regale, die einst Reihen von frisch gebackenem Brot trugen, waren leer, und die Öfen, die immer hell gebrannt hatten, waren kalt und leblos. Wir standen dort in der leeren Bäckerei, ein Gefühl des Unbehagens legte sich über uns. Die Wärme der Sonne, die leeren Straßen und das Fehlen jeglicher Kommunikation oder Anzeichen von Leben hinterließen uns mit mehr Fragen als Antworten.

Es war, als ob die Welt in eine albtraumhafte Stille
gestürzt worden wäre, und wir waren allein damit
konfrontiert, ihr tückisches Gelände zu navigieren.
"Olga!" rief ich in die scheinbar leere Bäckerei. Es
gab keine Antwort, nur das unheimliche Echo
meiner eigenen Stimme, das von den Wänden
widerhallte. Die Antwort meiner Schwester hallte in
der Stille wider: "Wer ist da?" Ein Gefühl der
Erleichterung überkam mich, als ich Olgas Stimme
erkannte. Ich folgte dem Klang durch die düster
beleuchtete Bäckerei, meine Schritte hallten in der
gespenstischen Stille wider. Die modernen Lampen,
normalerweise hell und einladend, waren aus, und
wir mussten uns im Halbdunkel zurechtfinden. Als
ich weiter in die Bäckerei vordrang, stieß ich auf
einen unerwarteten Anblick. Mitten in der
Dunkelheit fand ich Olga, die vor einem Kamin saß,
der seit sowjetischen Zeiten nicht mehr benutzt
worden war. Das gedämpfte Licht der flackernden
Flammen tanzte über ihr Gesicht und warf
Schatten, die die Ernsthaftigkeit der Situation zu
betonen schienen. Neben ihr saß ihre Freundin, ihre
Gesichter von Erschöpfung und Besorgnis
gezeichnet.

Sie trugen Schürzen, die mit Mehl bestäubt waren, ein krasser Gegensatz zum gewöhnlich makellosen Erscheinungsbild des Bäckereipersonals. Der Ausdruck von Olga wechselte von Überraschung zu Erleichterung, als sie mich sah. "Nikolai!" rief sie aus und stand auf. Ihre Freundin, ebenfalls erleichtert, schloss sich ihr im Stehen an. "Wir sind den ganzen Tag hier gewesen." Olga erklärte, dass sie den ganzen Tag damit verbracht hatten, Teig zu kneten, weil die Rührgeräte nicht mehr funktionierten. Die modernen Öfen, die auf Elektrizität angewiesen waren, hatten ebenfalls aufgehört zu funktionieren. Es war nur dank Babushkas und Mamas Lehren über die alten holzbetriebenen Öfen, dass es ihnen überhaupt gelungen war, Brot zu backen. Jetzt, im gedämpften Licht des Feuers, saßen sie geduldig und warteten darauf, dass das Brot fertig wurde. Mir wurde klar, dass es inmitten des Chaos Olgas Entschlossenheit und Erfindungsreichtum waren, die die Bäckerei am Laufen gehalten hatten. "Wir können das Dorf nicht ohne Essen lassen, auch wenn der Strom ausfällt", sagte Olga mit unbeirrbarer Entschlossenheit. "Jemand muss unsere Gemeinschaft ernähren."

Ich erklärte ihr alles, was passiert war – der
Flugzeugabsturz, das bizarre Wetter, das Fehlen von
Kommunikation und unsere verzweifelte Suche
nach ihr. Olga hörte ungläubig zu, ihre Augen
weiteten sich, als ihr die Tragweite der Situation
bewusst wurde. Die drei von uns saßen am Kamin
und teilten unsere Erfahrungen und Ängste. Die
Wärme des Feuers bot einen Hauch von Trost in
einer Welt, die kalt und unvorhersehbar geworden
war. Die Bäckerei, einst ein Ort der täglichen
Routine, war zu einer Zuflucht inmitten der
Ungewissheit geworden. Während wir darauf
warteten, dass das Brot fertig wurde, richteten sich
unsere Gedanken auf die Zukunft. Die Welt draußen
war in Aufruhr, und wir standen vor der
anspruchsvollen Aufgabe, nicht nur zu überleben,
sondern auch die Geheimnisse zu enträtseln, die
unser Dorf in die Dunkelheit gestürzt hatten.
Gemeinsam, als Familie und mit der Unterstützung
von Freunden wie Amir und Lana, würden wir uns
den Herausforderungen stellen, entschlossen,
Antworten zu finden und eine gewisse Normalität
in unsere zerschmetterte Welt zurückzubringen.

Während wir am Kamin saßen und darauf
warteten, dass das Brot fertig wurde, konnte ich
nicht umhin, mich zu fragen, warum Amir und Lana
immer noch bei uns waren. Sie sollten jetzt zu
Hause sein, und ihre Eltern sollten sich Sorgen
machen. Ich wandte mich an Lana und fragte:
„Lana, solltest du nicht zu Hause sein? Wundern
sich deine Eltern nicht, wo du bist?" Lana seufzte,
ihr Blick auf den flackernden Flammen fixiert.
"Meine Eltern sind im Urlaub in Costa Rica",
antwortete sie leise. "Sie sind vor ein paar Tagen
weggefahren, und ich sollte bei meiner Tante
bleiben. Aber als heute all das passierte, konnte ich
sie nicht erreichen. Ich habe keine Möglichkeit, sie
zu erreichen, und ich wollte nicht allein sein." Amir
mischte sich ein, seine Stimme mit einem Hauch
von Traurigkeit. "Ich habe keine Eltern", gestand er.
"Ich lebe in einem Kinderheim hier im Dorf. Das
Personal dort macht sich wahrscheinlich Sorgen um
uns alle, aber ich konnte meine Freunde in einer
solchen Zeit nicht im Stich lassen." Olga nickte
verständnisvoll. "Jetzt sind wir alle zusammen in
diesem", sagte sie, ihre Entschlossenheit
unwandelbar.

"Wir werden einen Weg finden, um deine Tante zu kontaktieren, Lana, und wir werden sicherstellen, dass du sicher bist, Amir. Im Moment müssen wir zusammenhalten und füreinander da sein." Die Erkenntnis, dass unsere kleine Gruppe eine improvisierte Familie war, die von Umständen jenseits unserer Kontrolle gebunden wurde, legte sich über uns. Wir alle navigierten gemeinsam durch dieses unsichere und gefährliche Terrain, und es gab ein Gefühl des Trostes in der Gewissheit, dass wir nicht allein waren, um den Herausforderungen, die vor uns lagen, zu begegnen. Während wir weiterhin auf das Brot warteten, wandte sich unser Gespräch unseren Plänen für die unmittelbare Zukunft zu. Wir mussten einen Weg finden, um Kontakt zur Außenwelt aufzunehmen, um jemandem mitzuteilen, dass wir am Leben und wohlauf waren. Unsere Familien, egal ob sie im Urlaub waren oder auf uns zu Hause warteten, mussten wissen, dass es uns gut ging. Aber die Welt draußen war zu einem Rätsel geworden, einem Ort des Schweigens und der Unsicherheit. Die üblichen Kommunikationsmittel standen uns nicht mehr zur Verfügung.

Wir mussten Antworten finden, die Wahrheit hinter
den seltsamen Ereignissen aufdecken, die sich
entfaltet hatten. Im gedämpften Licht des Feuers
wuchs unser Entschluss. Gemeinsam, als eine
improvisierte Familie von Geschwistern und
Freunden, würden wir den Herausforderungen
begegnen, die vor uns lagen. Wir würden die
Geheimnisse unserer transformierten Welt
erkunden und versuchen, ein Gefühl der Normalität
in unser Leben zurückzubringen. Das Brot, endlich
fertig gebacken, war ein Symbol für unsere
Entschlossenheit und Widerstandsfähigkeit. Wir
teilten eine einfache Mahlzeit am Kamin und
genossen die Wärme des Moments sowie die
Gewissheit, dass wir nicht allein auf unserer Reise
ins Unbekannte waren. Nach unserer Mahlzeit am
Kamin wussten wir, dass wir einen Weg finden
mussten, um nach Hause zu kommen und uns mit
unseren Familienmitgliedern zu vereinen. Das Dorf,
in eine gespenstische Stille gehüllt, trug immer
noch die Überreste des Chaos, das sich früher am
Tag entfaltet hatte. Die Sonne, die einen
unnatürlich warmen Glanz verbreitete, hing tief am
Horizont, als der Abend näher rückte. Amir, Lana
und ich beschlossen, gemeinsam loszuziehen, um

unsere jeweiligen Häuser zu überprüfen. Als wir die Bäckerei verließen, lag immer noch der Duft von Rauch in der Luft, und die bizarre Wärme der Sonne hielt an. Das Dorf blieb gespenstisch still, ohne Anzeichen von Leben oder Bewegung. Unser erstes Ziel war Amirs Kinderheim, das nur einen kurzen Spaziergang von der Bäckerei entfernt lag. Als wir uns dem vertrauten Gebäude näherten, beschleunigten sich Amirs Schritte in einer Mischung aus Vorfreude und Angst. Er drückte die Tür auf und rief nach den Mitarbeitern, die sich um ihn und die anderen Bewohner kümmerten. Drinnen fanden wir das Kinderheim in Unordnung vor. Das Personal, überwältigt von den Ereignissen des Tages, konnte seine üblichen Abläufe nicht aufrechterhalten. Amirs Freunde aus dem Heim versammelten sich um ihn und waren erleichtert, ihn wohlbehalten zu sehen. Die Mitarbeiter erklärten, dass sie versucht hatten, die Behörden zu kontaktieren und mehr über die Situation herauszufinden, aber auf Stille gestoßen waren. Amir teilte unseren Plan, Lanas Tante zu überprüfen, und dann mein Zuhause zu besuchen. Die Mitarbeiter stimmten zu, dass dies der beste Weg sei, und versprachen, ihre Bemühungen fortzusetzen, um Ordnung im Kinderheim wiederherzustellen. Mit Amirs Freunden aus dem Kinderheim, die nun unter unserer Obhut standen, machten wir uns auf den Weg, um Lanas Tante zu finden. Die Reise führte uns durch die verlassenen Straßen, die gespenstische Stille wurde nur vom Klang unserer Schritte unterbrochen. Die Sonne, die immer noch ihren seltsamen Glanz verbreitete, warf lange Schatten, die sich über unseren Weg erstreckten. Als wir das Haus von Lanas Tante erreichten, sahen wir eine ähnliche Szene des Verlassen seins. Die Tür war unverschlossen, und wir betraten vorsichtig das Haus, riefen nach Lans Tante. Es kam keine Antwort, nur das Echo unserer Stimmen in dem leeren Haus. Lana versuchte, ihre Tante auf dem Handy zu erreichen, aber wie bei unseren früheren Versuchen blieb, es stumm. Es war, als ob alle Formen der Kommunikation abgeschnitten wären und uns in einer Welt isoliert ließen, die in Stille verfallen war. Wir hinterließen einen Zettel für Lans Tante, erklärten, wohin wir gingen, und versicherten ihr, dass Lana sicher war. Mit schweren Herzen setzten wir unsere Reise in Richtung meines Elternhauses fort. Der vertraute Pfad, der jetzt von einer beunruhigenden Stille umgeben war, führte uns durch die schneebedeckten Felder und Richtung Dorfrand. Als wir uns meinem Elternhaus näherten, nagte ein Gefühl der Besorgnis an mir. Ich hatte keine Möglichkeit zu wissen, ob meine Mutter und meine Schwestern von ihrer Reise zurückgekehrt waren oder ob sie noch in der Stadt waren. Der Anblick unseres Hauses, von dem das warme Licht des ungewöhnlichen Sonnenuntergangs ausgeht, war sowohl tröstlich als auch beunruhigend. Wir betraten das Haus vorsichtig, riefen nach meinen Familienmitgliedern. Es kam keine Antwort, nur das Echo unserer Stimmen in den leeren Räumen. Ein wachsendes Gefühl der Furcht überkam mich, als mir bewusstwurde, dass meine Familie nicht da war. Ich überprüfte die Küche, wo meine Mutter oft ihre Abende mit dem Backen verbrachte. Der Raum war unberührt, die Zutaten für ihre berühmten Manti lagen noch auf der Theke, wartend darauf, zubereitet zu werden. Es war, als ob die Zeit in unserer Abwesenheit stehen geblieben wäre. Wir durchsuchten jedes Zimmer des Hauses, aber es gab keine Anzeichen meiner Familie. Das Gewicht der Unsicherheit lastete auf uns, und ich konnte nicht umhin, das Schlimmste zu befürchten. Waren sie in das Chaos des Tages verwickelt worden? Waren sie irgendwo sicher, und warteten auf unsere Rückkehr? Als wir uns im Wohnzimmer versammelten, sank die Realisation ein, dass wir nun eine Gruppe junger Freunde waren, allein in einer Welt, die immer mysteriöser und gefährlicher wurde. Unsere Häuser waren leer, und unsere Familien waren verschwunden. Die Fragen überwogen die Antworten, und unsere Reise ins Unbekannte war noch lange nicht vorbei. Olga würde sich uns später anschließen, da sie noch ein paar Stunden lang Brot in der Bäckerei verkaufen musste. Mit dem schwindenden Tag und dem Dorf in einer unnatürlichen Wärme gehüllt, wussten wir, dass wir einen Plan entwickeln mussten, einen Weg, um die Unsicherheiten unserer verwandelten Welt zu bewältigen und die Wahrheit hinter den unerklärlichen Ereignissen, die sich entfaltet hatten, aufzudecken. Wir saßen auf der Couch im leeren Wohnzimmer meiner Familie, das Gewicht der Unsicherheit lastete schwer auf uns. Amir, Lana, Ira und ich scharten uns zusammen, unsere Gesichter spiegelten eine Mischung aus Angst, Verwirrung und Entschlossenheit wider. Die Sonne, die immer noch ihr unheimliches Leuchten verbreitete, tauchte den Raum in Rottöne und Orange. "Was könnte das alles verursacht haben?" überlegte Lana, ihre Stimme von Unglauben geprägt. "Die Flugzeugabstürze, das seltsame Wetter, die Stille – nichts davon ergibt einen Sinn." Amir nickte, die Stirn in nachdenklichen Falten. "Ich habe von so etwas gehört, dass es an anderen Orten auf der Welt passiert, wo ganze Städte den Strom verlieren, und die Kommunikation zusammenbricht. Aber warum hier? Und warum jetzt?" Iras Blick war auf die flackernden Flammen im Kamin gerichtet, ihr Ausdruck beunruhigt. "Wir müssen alle Möglichkeiten in Betracht ziehen. Es könnte eine Naturkatastrophe oder irgendeine Art von Angriff sein. Aber wir haben keine Informationen, auf die wir zurückgreifen können." Ich konnte das Gefühl nicht abschütteln, dass wir mitten in etwas beispiellosem und Gefährlichem steckten. "Was es auch ist", sagte ich, meine Stimme kaum mehr als ein Flüstern, "wir müssen es herausfinden. Wir können nicht einfach hier sitzen und auf Antworten warten." Mit einem kollektiven Gefühl der Entschlossenheit begannen wir, zusammenzutragen, was wir wussten.

Der Flugzeugabsturz war der Auslöser für das Chaos, das folgte. Die EMP, wie wir sie vorläufig nannten, hatte alle Formen der Kommunikation und Energie gestört und unser Dorf in Stille versetzt. Amir, der sich für Technologie interessierte, erklärte, dass ein EMP oder elektromagnetischer Impuls das Potenzial habe, elektrische Systeme und Kommunikationsnetze im großen Maßstab zu stören. Das könnte erklären, warum unsere Handys und alle anderen elektronischen Geräte nicht mehr funktionierten. "Aber wer würde so etwas tun?" fragte Lana frustriert. "Und warum unser Dorf ins Visier nehmen? Das ergibt keinen Sinn." Wir überlegten verschiedene Szenarien, von einer feindlichen Nation, die einen Angriff startete, bis hin zu einer katastrophalen Sonneneruption. Jede Theorie brachte ihre eigenen Fragen und Unsicherheiten mit sich. Ira, immer pragmatisch, brachte das Thema Überleben zur Sprache. "Wir müssen an unsere unmittelbaren Bedürfnisse denken. Essen, Wasser und Unterkunft. Wenn diese Situation anhält, müssen wir auf unsere Ressourcen zurückgreifen." Amir stimmte zu.

"Wir sollten Vorräte sammeln und unsere Häuser sichern. Wer weiß, wie lange das Dauern wird?" Während wir unsere Pläne für die unmittelbare Zukunft besprachen, begann ein Gefühl von Einigkeit und Zweckmäßigkeit aufzukommen. Wir erkannten, dass wir gemeinsam in dieser Situation steckten, verbunden durch Umstände, die außerhalb unserer Kontrolle lagen. Unsere Familien waren verschwunden, und unser Dorf war in Aufruhr, aber wir hatten einander. Mit einem geteilten Entschlossenheitsgefühl beschlossen wir, Vorräte aus unseren Häusern und der Bäckerei zu sammeln. Wir würden Essen, Wasser und andere Notwendigkeiten horten, falls sich die Situation weiter verschlechtern würde. Es war eine düstere Aufgabe, aber sie gab uns ein Gefühl von Zweckmäßigkeit inmitten der Unsicherheit. Während der Abend Fortschritt und die Sonne unter den Horizont sank, diskutierten wir weiter über unsere Situation. Theorien und Fragen erfüllten die Luft, und das Gewicht des Unbekannten lastete auf uns. Aber mitten im Chaos fanden wir Stärke in unserer Freundschaft und unserem gemeinsamen Entschluss, die Wahrheit hinter dem EMP aufzudecken und unsere vermissten

Familienmitglieder zu finden. "Wer würde eine kleine Stadt wie unsere angreifen? Und warum?" fragte Amir, Amirs Frage hing in der Luft, während wir über das Rätsel des EMP nachdachten. Wer würde eine kleine Stadt wie unsere Angreifen, und aus welchem Grund? Es war eine Frage, die keine einfachen Antworten hatte. Gerade in diesem Moment schwang die Tür zum Wohnzimmer auf, und Olga kam herein, ihr Gesicht von Erschöpfung gezeichnet nach einem langen Tag in der Bäckerei. Sie sagte: "Es ist Dezember, aber die Sonne fühlt sich wirklich an, als ob sie brennt." Ich sprang vom Sofa auf, eine plötzliche Erkenntnis traf mich wie ein Blitz. "Es ist die Sonne!" rief ich aus, meine Stimme erfüllt von Dringlichkeit. Alle im Raum drehten sich zu mir, ihre Gesichtsausdrücke eine Mischung aus Verwirrung und Neugier. Ich konnte die Frage in ihren Augen sehen, als hätte ich gerade etwas Unerklärliches gesagt. Ich stürmte in mein Zimmer, Amir folgte mir auf den Fersen. Ich wusste, ich musste etwas in meiner Büchersammlung finden, das mir helfen würde, meine plötzliche Erkenntnis zu erklären. Amir beobachtete, wie ich hektisch durch die Regale stöberte, Bücher über Astronomie, Physik und das Verhalten der Sonne herauszog. Schließlich fand ich ein staubiges altes Werk, das ich von meinem Großvater geerbt hatte, ein Buch, das sich mit den Mysterien der Himmelsphänomene befasste. Ich blätterte durch die Seiten, mein Herz pochte vor Aufregung und Beklommenheit. "Amir", sagte ich, meine Stimme zitternd, "ich glaube, ich weiß, was passiert. Es ist die Sonne, aber nicht so, wie wir denken." Amir lehnte sich näher, seine Augen über die Seiten des Buches gleitend. "Was meinst du, Nikolai? Erklär Mal" Ich zeigte auf eine Passage, die sich mit solaren Phänomenen beschäftigte, insbesondere mit dem Verhalten von Sternen wie unserer Sonne, wenn sie sich dem Ende ihres Lebenszyklus nähern. "In diesem Buch steht, wie Sterne dramatische Veränderungen durchlaufen können, wenn sie altern. Manchmal dehnen sie sich aus und werden zu dem, was als Roter Riese bekannt ist." Amirs Stirn runzelte sich vor Verständnis. "Also sagst du, dass die Sonne sich... ausgedehnt hat?" Ich nickte. "Ja, und das könnte die ungewöhnliche Wärme erklären, die wir erlebt haben, das bizarre Wetter und sogar den EMP. Wenn ein Stern wie unsere Sonne diese Veränderungen durchläuft, kann er intensive Energieausbrüche haben, einschließlich elektromagnetischer Strahlung." Amirs Augen weiteten sich, als er die Zusammenhänge herstellte. "Ein elektromagnetischer Puls", flüsterte er. "Aber warum würde die Sonne das jetzt tun?" Ich blätterte durch das Buch, auf der Suche nach weiteren Informationen. "Es ist ein natürlicher Prozess, aber normalerweise dauert es Milliarden von Jahren. Etwas muss es ausgelöst haben, plötzlich zu passieren. Es könnte ein seltener Himmelskörper oder ein anderer unbekannter Faktor sein." Wir standen da, die Wucht unserer Erkenntnis wurde uns bewusst. Die Sonne, die Quelle des Lebens auf unserem Planeten, war zu unserer größten Bedrohung geworden. Die Auswirkungen waren verheerend, und uns wurde klar, dass wir einer Krise astronomischen Ausmaßes gegenüberstanden. Wir hatten mehr Fragen als Antworten, aber zumindest hatten wir einen Ansatz, eine mögliche Erklärung für die Ereignisse, die sich entfaltet hatten. Jetzt, bewaffnet mit diesem neuen Wissen, mussten wir einen Weg finden, in einer Welt zu überleben, in der die Sonne selbst zu unserem Feind geworden war. Als wir unsere Entdeckung mit Olga, Lana und Ira teilten, erfüllte der Raum sich mit einem Gefühl von

Dringlichkeit und Zweckmäßigkeit. Wir waren entschlossen, die Wahrheit hinter der Transformation der Sonne aufzudecken, unsere vermissten Familienmitglieder zu finden und den Herausforderungen gegenüberzustehen, egal wie enorm sie auch sein mochten. Mit unserem neuen Verständnis, dass das ungewöhnliche Verhalten der Sonne vielleicht im Zentrum der Krise stand, wusste ich, dass wir mehr Informationen benötigten, um das Ausmaß der Situation vollständig zu erfassen. Meine Gedanken wandten sich dem alten sowjetischen Radio zu, das Babuschka seit Jahren in unserer Familie aufbewahrt hatte. Es war das Modell, das mit Batterien betrieben wurde und solange ich mich erinnern konnte, im Keller verstaut war. Ich wandte mich an Olga und fragte: "Olga, weißt du, wo Babuschkas sowjetisches Radio ist? Hast du es nicht weggeworfen, oder?" Olga runzelte die Stirn und überlegte. "Welches meinst du? Wir haben hier ein paar Radios rumliegen." Ich präzisierte: "Das, welches mit Batterien betrieben wird, das alte sowjetische. Es müsste im Keller sein, denke ich." Olga nickte, verstand meine Anfrage.

Sie ging in die Küche, wo eine kleine Falltür im Boden zum Keller führte. Wir alle warteten gespannt, wissend, dass der Keller ein Ort war, der mit Relikten aus der Vergangenheit gefüllt war, darunter das Radio, das möglicherweise Antworten auf unsere Fragen lieferte. Als Olga in die Dunkelheit des Kellers hinabstieg, wurde mir klar, dass wir eine Lichtquelle brauchen würden, um uns im Raum zu orientieren. Ich wandte mich an die Gruppe und fragte: "Hat jemand so etwas wie eine Taschenlampe oder ein Licht? Es ist dort unten dunkel, und wir müssen sehen, wenn wir das Radio finden wollen." Lana griff in ihre Tasche und zog eine kleine Taschenlampe heraus, deren Lichtstrahl die Dunkelheit Durchschnitt. Wir alle nickten dankbar, und Ira schaltete sie ein, beleuchtete die Falltür und die schmale Treppe, die in den Keller führte. Olgas Stimme drang von unten herauf. "Ich habe es gefunden", rief sie, ihre Stimme voller Erleichterung und Aufregung. "Es ist genau hier." Wir machten uns vorsichtig die Treppe hinunter, dem Lichtstrahl der Taschenlampe folgend, der den Inhalt des Kellers enthüllte.

Es war ein Raum voller Erinnerungen und Überreste der Vergangenheit - alte Möbel, staubige Kisten und vergessene Gegenstände, die seit Generationen aufbewahrt worden waren. Als wir unten ankamen, reichte mir Olga das sowjetische Radio. Es war ein Relikt einer vergangenen Ära, mit seinem Retro-Design und den vertrauten kyrillischen Markierungen. Die Tatsache, dass es mit Batterien lief, gab uns die Hoffnung, dass es trotz der Störung der elektrischen Systeme durch den EMP noch funktionieren könnte. Ich nahm das Radio in die Hand, eine Vorfreude machte sich breit. Mit zitternden Fingern drehte ich den Regler und schaltete es ein. Das Knistern von statischem Rauschen erfüllte den Raum, und wir hielten den Atem an, in der Hoffnung, dass wir trotz der elektromagnetischen Störungen, die unsere Welt erfasst hatten, Signale empfangen konnten. Der Regler bewegte sich langsam, und während wir aufmerksam lauschten, begannen wir, leise Stimmen und Ausschnitte von Sendungen zu hören. Es war ein Hoffnungsschimmer in der Dunkelheit, eine Verbindung zur Außenwelt, die wir verloren hatten. Olga justierte den Regler weiter, auf der Suche nach einem stärkeren Signal. Die Stimmen wurden klarer, und wir konnten Fetzen von Nachrichtenberichten und Notfallmeldungen hören. Die Welt außerhalb unseres Dorfes war in Aufruhr, und wir waren dabei zu erfahren, wie ernst die Situation geworden war. Als das Radio zum Leben erwachte, versammelten wir uns, unsere Herzen schwer vor der Erkenntnis, dass unsere Reise ins Unbekannte erst begonnen hatte. Das Radio, ein Relikt der Vergangenheit, würde nun unser Fenster zur Welt und eine Quelle entscheidender Informationen werden, während wir uns den Herausforderungen und Mysterien unserer transformierten Realität stellten.

<u>Und dann höhrten wir es....</u>

Ich wiederhole Notfall-Weltrundfunkdurchsage – Mayday

Es knackt im Rauschen, als die Übertragung beginnt, gefolgt von einer feierlichen, autoritären Stimme.

Achtung, Bürger der Erde. Dies ist eine internationale Notfall-Durchsage.

Es tut uns leid, Ihnen mitteilen zu müssen, dass sich gerade ein kataklystisches Ereignis entfaltet. Die Sonne, unser lebensspendender Stern, befindet sich im Prozess der Selbstzerstörung. Heute früher hat sie einen beispiellosen elektromagnetischen Puls (EMP) ausgestoßen, der alle modernen Technologien effektiv außer Betrieb gesetzt hat. Die Situation ist ernst, und uns bleibt wenig Zeit.

Die Wissenschaft hat dieses Ereignis vorhergesehen, **aber der genaue Zeitpunkt lag außerhalb unserer Vorhersagen. Die Sonne, der himmlische Körper, der das Leben auf der Erde Milliarden von Jahren genährt hat, steht nun kurz vor einer katastrophalen Explosion, die unsere Welt, unsere Galaxie und alles darin verzehren wird.**

In diesem Moment der Krise bitten wir Sie, das zu priorisieren, was wirklich zählt.

Schätzen Sie die verbleibende Zeit.

Versammeln Sie sich mit Ihren Lieben, Ihren Freunden, Ihren Nachbarn. Teilen Sie Geschichten, Lachen und Tränen. Halten Sie einander fest und lassen Sie die Liebe Ihr Leitfaden in diesen letzten Momenten sein. Es könnte heute sein oder es könnte eine Frage von Tagen sein, aber das Ende ist unvermeidlich

Unsere Institutionen, unsere Streitigkeiten, unsere Sorgen - nichts davon spielt mehr eine Rolle. Es ist Zeit, Trost in den Verbindungen zu finden, die wir geschmiedet haben, in den Momenten, die wir geteilt haben, und in der Liebe, die uns als Menschheit definiert hat.

Blicken sie zum Himmel, denn dort endet unsere Geschichte, nicht in Verzweiflung, sondern in Einheit und Liebe. Strecken Sie die Hand nach denen aus, die Ihnen am Herzen liegen, und lassen Sie uns gemeinsam diese letzten Momente auf der Erde zu einem Zeugnis für die Schönheit unseres gemeinsamen Daseins machen.

Möge Liebe, Mitgefühl und die Bande der Menschlichkeit Ihren Weg in diesen schwierigen Zeiten erleuchten.

Die Übertragung endet und verblasst im erneuten Knistern des Rauschens, als die Übertragung erneut beginnt.

Nachdem die Übertragung endete, erfüllte ein schweres Schweigen den Raum. Wir tauschten düstere Blicke aus, das Gewicht der Botschaft drang zu uns durch. Olga durchbrach das Schweigen und sagte: "Also ist es wahr. Nikolai hatte recht." Ich nickte, meine Kehle von Emotionen eng. Die Realität unserer Situation war unbestreitbar. Die Welt, so wie wir sie kannten, näherte sich dem Ende, nicht in Verzweiflung, sondern in einem gemeinsamen Bekenntnis zu unserer Menschlichkeit und der Liebe, die uns verband. Wir standen vor einer beispiellosen Katastrophe, und die Zeit war knapp. Die Sonne, die Quelle des Lebens auf der Erde, stand kurz vor einer katastrophalen Explosion, die unsere Welt und alles darin verzehren würde. In diesem Moment erkannten wir, dass unsere Reise ins Unbekannte eine tiefgreifende Wendung genommen hatte. Wir versuchten nicht mehr nur zu überleben; wir versuchten, das Beste aus der kostbaren Zeit zu machen, die uns noch blieb, Sinn und Verbindung angesichts des Unvermeidlichen zu finden. Während die Sonne draußen weiterhin ihr unheimliches Leuchten verbreitete, wussten wir, dass unsere Welt für immer verändert war.

Die Herausforderungen vor uns waren immens, aber wir waren entschlossen, sie gemeinsam zu meistern, die Liebe, das Mitgefühl und die Bande der Menschlichkeit sollten uns in diesen schwierigen Zeiten den Weg erleuchten. Als Amir, Lana und Ira begannen zu sprechen und Tränen in ihren Augen aufstiegen, lastete das Gewicht unserer Situation auf uns. Die Realität der drohenden Katastrophe sank ein, und die Unsicherheit unserer Zukunft war überwältigend. Ich wandte mich an Olga, die gerade vorgeschlagen hatte, etwas zu essen und Zeit zum Verarbeiten all dessen zu nehmen. Es war ein praktischer und notwendiger Vorschlag inmitten unserer emotionalen Turbulenzen. "Also essen wir zuerst etwas", stimmte ich zu, meine Stimme ruhig, aber mein Herz schwer. "Und wir müssen das alles verarbeiten. Morgen werden wir einen Plan machen, wie es weitergeht." Olga nickte zustimmend und ging in die Küche. Ich folgte ihr, der sanfte Schein der Taschenlampe leitete unseren Weg. Als wir die Küche betraten, konnte ich nicht umhin, ein Gefühl der Dankbarkeit für den alten gasbetriebenen Herd zu empfinden, der seit über vier Jahrzehnten ein fester Bestandteil unseres

Hauses war. Babuschka hatte immer auf sowjetische Technologie geschworen, und ihr Vertrauen in die Robustheit dieses Herdes hatte sich als gut begründet erwiesen. Es war ein Relikt aus vergangenen Zeiten, funktionierte jedoch einwandfrei und war von dem EMP, die modernen Geräte nutzlos gemacht hatte, unbeeinflusst. Ich machte mich daran, eine einfache Mahlzeit zuzubereiten, indem ich aus den zuvor gesammelten Vorräten schöpfte. Es war eine Mahlzeit des Trostes, eine Erinnerung an die vertrauten Routinen unserer vergangenen Leben. Während ich kochte, erfüllte der Duft des Essens die Küche, ein kleiner, aber willkommener Trost inmitten der Unsicherheit. Im Wohnzimmer hatten Lana, Amir und Ira in Stille Platz genommen. Ihre Gesichter waren von einer Mischung aus Angst, Traurigkeit und Unglauben gezeichnet. Ich wusste, dass wir alle Zeit brauchten, um die enorme Tragweite der Situation zu verarbeiten, um uns mit der Tatsache abzufinden, dass unsere Welt am Rande der Zerstörung stand. Während Olga und ich zusammen in der Küche arbeiteten, erfüllten das leise Murmeln von Gesprächen und das Klirren von Tellern und Besteck die Luft. Es war eine

Erinnerung daran, dass selbst angesichts einer bevorstehenden Katastrophe die Bindungen von Freundschaft und Familie unerschütterlich blieben. Nach einer Weile kehrten Olga und ich ins Wohnzimmer zurück und brachten Teller mit Essen mit. Wir stellten sie auf den Couchtisch, und als wir uns alle versammelten, lag eine spürbare Einheit in der Luft. Wir waren gemeinsam in dieser Situation, standen dem Unbekannten als eine Art improvisierte Familie von Geschwistern und Freunden gegenüber. Die Mahlzeit war einfach, aber tröstlich – warme Suppe, Brot und ein paar Gemüsesorten. Wir aßen in Stille, jeder von uns in seinen Gedanken verloren. Es war eine Mahlzeit, die nicht nur unseren Körpern, sondern auch unseren Seelen Nahrung gab – eine Erinnerung an die geteilten Momente der Normalität, die wir schätzten. Als wir mit dem Essen fertig waren, hing das Gewicht unserer vorherigen Unterhaltung immer noch in der Luft. Amir, Lana und Ira begannen erneut zu sprechen, ihre Stimmen zitterten vor Emotionen. "Was werden wir tun?" fragte Lana, ihre Augen suchten nach Antworten. Ich atmete tief durch und traf den Blick von Olga.

"Wir werden es zusammen herausfinden",
antwortete ich. "Für jetzt lassen Sie uns ruhen und
unsere Kräfte sammeln. Morgen werden wir die
bevorstehenden Herausforderungen mit einem Plan
und einer geteilten Entschlossenheit angehen."
Damit räumten wir das Geschirr ab und begaben
uns in die Schlafzimmer, um so viel Trost wie
möglich im Schoß des Schlafes zu finden. Die Nacht
war lang, gefüllt mit unruhigen Träumen und der
beklemmenden Realität des bevorstehenden
Untergangs unserer Welt. Aber während wir dort
im Dunkeln lagen, wusste ich, dass uns die
Bindungen von Freundschaft und Familie durch die
bevorstehenden Prüfungen tragen würden.
Angesichts der Ungewissheit waren wir nicht allein,
und gemeinsam würden wir einen Weg finden, das
Unbekannte zu navigieren und das Beste aus der
verbleibenden Zeit zu machen. Der Abend hatte sich
hingezogen, und die alte Analoguhr an der Wand
markierte stur den Verlauf der Zeit. Es war bereits
23 Uhr, und die Erschöpfung der emotionalen
Achterbahnfahrt des Tages begann ihren Tribut zu
fordern. Amir und Lana saßen erschöpft auf dem
Sofa im Wohnzimmer, ihre Gesichter von Müdigkeit
gezeichnet.

Ira, die mit ihnen im schwach beleuchteten Raum gesessen hatte, meldete sich zu Wort. "Es wird spät, und wir hatten alle einen langen Tag. Wir sollten uns etwas ausruhen." Amir stimmte zu, seine Schultern von Erschöpfung gebeugt. "Sie hat recht. Wir müssen unsere Energie für das, was uns bevorsteht, schonen." Lana, mit erschöpften Augen, sah mich an und zögerte, bevor sie sprach. "Nikolai, kann ich bei dir schlafen?" Ich blinzelte überrascht ob ihrer Bitte. Ursprünglich hatte ich geplant, dass Amir und Lana im Wohnzimmer schlafen würden, wo mehr Platz war. Aber Lanas Frage überraschte mich. Ira schien ebenfalls überrumpelt. "Lana, warum möchtest du bei Nikolai schlafen? Hier gibt es genug Platz." Lana warf einen Blick auf Ira, ihr Ausdruck war widersprüchlich. "Ich fühle mich einfach sicherer bei ihm. Bitte, Ira." Ira sah mich an, ihre Augen suchten nach einer Antwort. Ich war hin- und hergerissen. Einerseits verstand ich Lanas Bedürfnis nach Trost und Sicherheit inmitten des Chaos um uns herum. Andererseits wollte ich keine unnötige Spannung oder Unannehmlichkeiten in unserer Gruppe verursachen. Nach einer kurzen inneren Debatte gab ich nach. "In Ordnung, Lana. Du kannst in meinem Zimmer schlafen."

"Wir machen Platz für dich." Ira ließ frustriert Luft ab, protestierte aber nicht weiter. Amir, der während des Austauschs schweigend verharrt hatte, nickte einfach, zu müde, um eine Meinung zu äußern. Als ich die Tür hinter uns schloss, wandte sich Lana mit einem dankbaren Lächeln an mich. "Danke, Nikolai. Ich musste einfach bei jemandem sein, dem ich vertraue." Ich erwiderte ihr Lächeln, verstand das Bedürfnis nach Trost in diesen unsicheren Zeiten. "Ich verstehe, Lana. Wir werden aufeinander aufpassen." Lanas Augen wurden weich, und bevor ich reagieren konnte, lehnte sie sich zu mir und küsste mich auf die Lippen. Es war ein sanfter, flüchtiger Kuss, erfüllt von einer Mischung aus Dankbarkeit, Sehnsucht und Angst. Mein Herz raste, und für einen Moment war ich von der unerwarteten Geste überrascht. Lana löste sich, ihre Wangen gerötet vor Verlegenheit. "Es tut mir leid, Nikolai. Das wollte ich nicht..." Ich legte einen Finger auf ihre Lippen, um sie zum Schweigen zu bringen. "Es ist in Ordnung, Lana", flüsterte ich, meine eigenen Gefühle ein Durcheinander von Verwirrung und Wärme. "Wir sind gemeinsam in diesem, und wir werden Trost finden, wo wir können."

Damit machten wir es uns in meinem Zimmer gemütlich, während Amir und Ira im Wohnzimmer blieben. Die alte Uhr an der Wand tickte weiter die Minuten ab, eine Erinnerung an den Lauf der Zeit in unserer sich ständig verändernden Welt. Als ich im Bett lag und Lana neben mir lag, spielten sich die Ereignisse des Tages in meinem Kopf ab. Die Transformation der Sonne, die Notfallmeldung und die drohende Katastrophe waren alle zu real. Aber in diesem Moment, während Lana sich näher an mich schmiegte und Trost suchte, fand ich einen Hoffnungsschimmer inmitten der Dunkelheit. Wir waren eine Gruppe von Freunden und Geschwistern, die gemeinsam ins Unbekannte blickten. In unserer geteilten Verletzlichkeit und Angst hatten wir eine Verbindung gefunden, die über das Chaos der Welt draußen hinausging. Und als wir in den Schlaf glitten, klammerte ich mich an diese Verbindung, wissend, dass sie unsere größte Kraftquelle in den unsicheren Tagen sein würde, die vor uns lagen. Während ich im Bett lag und meine Gedanken in den introspektiven Bereich zwischen Wachheit und Schlaf drifteten, riss Lana mich plötzlich aus meinen Träumen.

Es geschah so abrupt, dass ich überrascht aufschreckte. Sie drehte sich zu mir um, ihre Augen mit einem Gefühl der Dringlichkeit auf meine gerichtet. "Nikolai", begann sie, ihre Stimme vor Emotion zitternd, "ich wollte dir das an deinem Geburtstag sagen, aber jetzt... Ich weiß nicht, ob wir bis dahin überleben werden." Ihre Worte hingen in der Luft, beladen mit unausgesprochenen Gefühlen. Ich beobachtete sie, mein Herz pochte, als die Last dessen, was sie sagen würde, über uns niederging. "Ich liebe dich", gestand Lana, ihre Stimme kaum mehr als ein Flüstern. "Mehr als jeden Freund." Für einen Moment schien die Zeit stillzustehen. Lanas Geständnis hing zwischen uns wie ein zartes Band, eine Erklärung von Emotionen, die lange unter der Oberfläche verborgen waren. Ich schluckte schwer, versuchte die richtigen Worte zu finden, um zu antworten. Inmitten des Chaos und der Unsicherheit, die uns umgaben, war Lanas Beichte ein Leuchtfeuer roher, ungefilterter Wahrheit. "Lana", schaffte ich es schließlich zu sagen, meine Stimme erfüllt von einer Mischung aus Dankbarkeit und Zärtlichkeit, "Ich liebe dich auch."

Ohne ein weiteres Wort umarmten wir uns, unsere Körper zueinander hingezogen durch ein unausgesprochenes Verständnis für die Tiefe unserer Gefühle. Es war eine Umarmung, die Bände sprach, eine Verbindung geschmiedet in der Schmelze einer Welt am Rande der Zerstörung. Während wir uns festhielten, verlangsamte sich nach und nach unser Atem, und die Spannung, die zwischen uns aufgebaut hatte, begann zu verschwinden. In diesem Moment schien es, als ob die Außenwelt verschwunden wäre, und nur wir beide blieben übrig, die unsere Liebe und Verletzlichkeit im Angesicht des Unbekannten teilten. Schließlich drifteten wir beide in den Schlaf, noch immer in den Armen des anderen. Die alte analoge Uhr an der Wand fuhr fort, die Zeit zu markieren, aber in dem Kokon unserer geteilten Umarmung fanden wir Trost und Stärke. Wir waren eine Gruppe von Freunden und Geschwistern, die gemeinsam einer unsicheren Zukunft gegenüberstanden, aber in der Intimität dieses Moments hatten Lana und ich eine Liebe entdeckt, die als Anker in den turbulenten Gewässern vor uns dienen würde.

Das Morgenlicht drang durch die Vorhänge, und es ergoss sich ein warmer Schimmer in meinem Zimmer, als ich aufwachte. Lana lag neben mir, ihre Anwesenheit eine tröstliche Erinnerung an die Nacht zuvor. Wir hatten in einem Moment der Verletzlichkeit unsere Gefühle geteilt, und es hatte die Verbindung zwischen uns vertieft. Ich löste mich behutsam aus Lanas Umarmung, um sie nicht zu wecken, und begab mich in die Küche, wo Olga bereits damit beschäftigt war, das Frühstück zuzubereiten. Der duftende Geruch von frisch gebrühtem Tee und das Zischen von Eiern empfingen mich. Olga schaute vom Herd auf und bot mir ein warmes Lächeln an. "Guten Morgen, Nikolai. Es ist fast dein Geburtstag, weißt du." Ich nickte, die Last der bevorstehenden Feierlichkeit von Traurigkeit durchzogen. "Ja, das stimmt. Aber was ich wirklich möchte, ist Mama und Babushka wiederzusehen." Olgas Ausdruck wurde weicher, sie verstand die Tiefe meines Sehnens.

"Das wollen wir alle, Nikolai. Wir werden alles in unserer Macht Stehende tun, um sie zu finden." Wir schwiegen beide einen Moment lang, in unseren eigenen Gedanken verloren. Die Ungewissheit unserer Situation lastete schwer auf uns, aber es gab auch einen Hoffnungsschimmer, einen Entschluss, uns mit unserer Familie wieder zu vereinen. Als wir das Frühstück beendeten, versammelten wir uns um den Tisch, eine Sinnhaftigkeit lag in der Luft. Das über Nacht verschwundene Schneetreiben war uns nicht entgangen. Es war, als ob die Welt selbst eine Veränderung durchmachte, die dem Umbruch in unseren Leben entsprach. Ich räusperte mich und brach das Schweigen. "Wir brauchen einen Plan", begann ich. "Wir müssen nach Pawlodar, wo Mamas Schwester lebt. Wenn es eine Chance gibt, sie zu finden, dann dort." Amir nickte zustimmend. "Pavlodar ist eine große Stadt. Dort könnte es mehr Informationen und Ressourcen geben." Lana, deren Augen noch die Spuren der Emotionen der letzten Nacht trugen, meldete sich zu Wort. "Aber wie kommen wir dorthin? Keines der Autos funktioniert, und zu Fuß ist es zu weit." Ira, die still zugehört hatte, machte einen Vorschlag.

"Wir könnten versuchen, Fahrräder zu finden. Sie
sind nicht auf Elektrizität angewiesen und könnten
uns schneller nach Pavlodar bringen als zu Fuß."
Die Idee hatte ihre Berechtigung, und wir alle
nickten zustimmend. Fahrräder würden unser
Fortbewegungsmittel sein, eine Möglichkeit, das
unberechenbare Gelände zu bewältigen, das
zwischen uns und Pawlodar lag. Während wir um
den Frühstückstisch saßen, schien unser Plan,
Fahrräder zu finden, vielversprechend zu sein, aber
es gab eine plötzliche Unterbrechung mitten in
unserer Diskussion. Ich konnte mich nicht davon
abhalten, an das alte Auto zu denken, das seit
Jahren in der Scheune stand. Es war ein Relikt aus
den 1970er Jahren, ein Fahrzeug, das kaum auf
moderne Technologien oder Elektrizität angewiesen
war. Ich unterbrach das Gespräch, meine Stimme
erfüllt von einer Mischung aus Aufregung und
Hoffnung. "Moment mal, alle. Hat Oma nicht dieses
alte Auto in der Scheune? Es stammt aus den
1970ern und ist nicht auf moderne Technologien
angewiesen. Olga, du kannst doch fahren, oder?"
Olga nickte langsam, ihr Ausdruck nachdenklich.
"Ja, kann ich. Ich habe Babushka unzählige Male an
diesem Auto herumwerkeln sehen.

Es ist ein einfaches, robustes Fahrzeug, und ich denke, es könnte noch funktionieren." Die Idee des alten Autos entfachte eine erneute Hoffnung im Raum. Wir entschieden uns, nach draußen in die Scheune zu gehen, um das Fahrzeug zu inspizieren, in der Hoffnung, dass es uns ein Fortbewegungsmittel nach Pawlodar bieten würde. Als wir jedoch nach draußen traten und das helle Dezemberlicht auf uns traf, wurden wir mit einer überraschenden Realität konfrontiert. Die Sonne, die seit dem EMP-Ereignis ständig am Himmel präsent war, brannte heiß auf unserer Haut. Es war eine ungewöhnliche und unangenehme Empfindung, als ob die Atmosphäre selbst durch das unberechenbare Verhalten der Sonne verändert worden wäre. Trotz des kalten Dezembertages machte uns die Intensität der Sonne klar, dass wir nicht einfach zur Scheune gehen konnten, ohne uns vor der Sonnenhitze zu schützen. Es war eine ernüchternde Erinnerung an die unberechenbaren Veränderungen, die in der Welt stattgefunden hatten. Schnell zogen wir uns wieder ins Haus zurück, um Schutz vor der sengenden Sonne zu suchen.

Unsere anfängliche Aufregung über das Auto in der Scheune wurde durch die harte Realität gedämpft, dass wir ohne einen Plan, uns vor der Hitze und Strahlung der Sonne zu schützen, nicht einfach nach draußen gehen konnten. Ira, immer einfallsreich, schlug vor: "Wir sollten etwas finden, um uns zu bedecken, wie Decken oder alte Kleidung. Wenn wir uns vor der Sonne schützen können, könnten wir die Scheune vielleicht sicher erreichen", stimmten Amir, Lana, Olga und ich alle zu. Wir begannen, das Haus nach allem zu durchsuchen, was als improvisierter Schutz vor den intensiven Strahlen der Sonne dienen könnte. Alte Decken, Vorhänge und Kleidung wurden gesammelt, und wir formten sie zu improvisierten Schultertüchern, Kopfbedeckungen und sonnenabweisenden Schichten. Sobald wir ordnungsgemäß geschützt waren, wagten wir uns erneut nach draußen, wobei unser improvisierter Schutz etwas Linderung vor der drückenden Hitze der Sonne bot. Wir machten uns auf den Weg zur Scheune, unsere Hoffnungen ruhten auf dem alten Auto, das seit Jahrzehnten versteckt war. Als wir die Scheune erreichten, hing eine gespannte Erwartung in der Luft.

Die alten hölzernen Tore öffneten sich quietschend und enthüllten das Vintage-Auto, das darin konserviert worden war. Es war ein Relikt aus einer anderen Ära, seine verblasste Farbe und verwitterte Außenhaut ein Zeugnis für den Lauf der Zeit. Olga näherte sich dem Auto, ihre Finger glitten über seine Oberfläche. "Ich erinnere mich, wie Babushka über dieses Auto gesprochen hat. Sie hat es früher oft auf Ausfahrten aufs Land mitgenommen." Amir, der ein Händchen für Mechanik hatte, inspizierte den Motor des Autos. "Es sieht so aus, als wäre es in ordentlichem Zustand. Der Motor ist einfach, und es könnte funktionieren." Mit vorsichtigem Optimismus beschlossen wir, zu versuchen, das Auto zu starten. Olga nahm auf dem Fahrersitz Platz, ihre Hände zitterten leicht, als sie den Schlüssel ins Zündschloss steckte. Mit einer Drehung des Schlüssels sprang der Motor überraschend leicht an, der Klang seines Vintage-Motors erfüllte die Luft. Wir tauschten Blicke des Unglaubens und der Erleichterung aus. Es schien, als hätten wir unser Fortbewegungsmittel nach Pawlodar gefunden.

Das alte Auto, ein Relikt aus längst vergangenen Zeiten, hatte in einer Welt, in der moderne Technologie versagt hatte, wieder zum Leben erweckt. "Los geht's, machen wir eine Fahrt", sagte Olga mit einem entschlossenen Lächeln, ihre Begeisterung spürbar. Wir stiegen alle begeistert in der alten schwarzen Wolga, ein Relikt aus einer anderen Ära. Das Auto hatte einen zeitlosen Charme, selbst in seinem verwitterten Zustand. Der Wolga war eine klassische sowjetische Limousine, bekannt für ihre Robustheit und Langlebigkeit. Seine schwarze Außenhaut war im Laufe der Zeit verblasst, und die Chromakzente zeigten Anzeichen von Rost, aber es behielt immer noch einen Hauch von altmodischer Eleganz. Die Ledersitze, obwohl rissig und abgenutzt, waren überraschend bequem, und der Geruch von gealtertem Leder erfüllte den Innenraum des Autos. Als wir uns im Auto einrichteten, konnte ich nicht umhin, das Vintage-Armaturenbrett zu bewundern, komplett mit einem einfachen Radio und einigen analogen Anzeigen. Das Lenkrad hatte eine abgenutzte Haptik, ein Zeugnis der unzähligen Meilen, die es in seinem Leben zurückgelegt hatte. Ira, immer neugierig, durchbrach die Stille. "Wohin gehen wir, Olga?"

Olgas Griff am Lenkrad verstärkte sich, während sie das Auto aus der Scheune lenkte und auf die Schotterstraße fuhr. "Wir fahren zu Nadjas Laden die Straße runter", antwortete sie. "Die Fahrt nach Pawlodar wird Stunden dauern, und wir brauchen Ressourcen - Essen, Wasser und alles andere, was wir finden können, um uns auf unserer Reise zu helfen." Die alte Wolga kam zum Leben, sein Motor schnurrte mit einem Gefühl von Zielstrebigkeit. Wir waren eine entschlossene Gruppe, die sich ins Unbekannte aufmachte, und das Auto schien an unserer Entschlossenheit teilzuhaben. Unsere Begeisterung war jedoch von kurzer Dauer. Als Olga das Auto kurz von der Scheune fuhr, zuckte es plötzlich zusammen und blieb stehen. Der Motor verstummte, und die Scheinwerfer des Autos wurden dunkler.

"Blyat," rief Olga voller Frustration "DER TANK IST LEER!"

Die Erkenntnis traf uns wie eine kalte Welle. Wir hatten ein Fortbewegungsmittel, aber übersehen, dass das Auto Treibstoff benötigen würde, um uns an unser Ziel zu bringen. Es war eine deutliche Erinnerung daran, dass selbst die besten Pläne durch die unbarmherzigen Realitäten unserer veränderten Welt zunichtegemacht werden konnten. Wir tauschten Blicke aus, eine Mischung aus Frustration und Resignation überkam uns. Unsere Reise hatte ihr erstes großes Hindernis erreicht, und wir müssten schnell eine Lösung finden, wenn wir unsere Mission fortsetzen und nach Pawlodar gelangen wollten, um uns mit unserer Familie zu vereinen. Während die Erkenntnis, dass uns der Treibstoff ausgegangen war, einsank, befanden wir uns in einem Zustand der Frustration und Unsicherheit. Die alte Wolga stand bewegungslos auf der Schotterstraße, sein Motor verstummt und sein Potenzial als Fortbewegungsmittel plötzlich blockiert. Wir hatten einen langen Weg vor uns, um nach Pawlodar zu gelangen, und ohne Treibstoff stand unsere Reise still. Amir, immer der Pragmatiker, war der erste, der das Wort ergriff. "Wir müssen Treibstoff finden, ganz einfach."

Die Frage ist, wo fangen wir überhaupt an zu
suchen in einer Welt, in der scheinbar nichts mehr
funktioniert?" Ira, immer schnell mit Fragen,
meldete sich zu Wort. "Haben wir überhaupt
Behälter, um das Gas zu transportieren, wenn wir
es finden? Und wo finden wir überhaupt Gas?"
Olga, die am Steuer saß, als das Auto stehen blieb,
seufzte frustriert. "Wir haben einige leere Kanister
in der Scheune, aber es wird eine Herausforderung
sein, Gas zu finden. Tankstellen funktionieren ohne
Strom nicht, und Benzin abzuzapfen könnte riskant
sein." Lana, ihr Ausdruck eine Mischung aus
Besorgnis und Entschlossenheit, fügte hinzu: "Wir
können nicht lange hierbleiben. Die Sonne wird
immer heißer, und wir müssen uns weiterbewegen.
Aber ohne Benzin sind unsere Optionen begrenzt."
Ich meldete mich mit einem Gefühl der
Dringlichkeit zu Wort. "Wir müssen kreativ denken.
Vielleicht finden wir eine alte Tankstelle, die noch
Reserven hat, oder vielleicht gibt es irgendwo einen
versteckten Vorrat an Treibstoff. Wir dürfen das
Auto noch nicht aufgeben." Die Diskussion setzte
sich fort, unsere Stimmen überlappten sich mit
Ideen und Bedenken.

Wir erwogen verschiedene Möglichkeiten, angefangen von der Suche nach verlassenen Tankstellen bis hin zum Versuch, Treibstoff aus alten Fahrzeugen zu extrahieren, ein riskantes Unterfangen, gegeben die Volatilität von Benzin. Aber jede Idee schien ihre eigenen Herausforderungen und Unsicherheiten mit sich zu bringen. Die Welt hatte sich dramatisch verändert, und die Regeln, die wir einst kannten, galten nicht mehr. Es war, als würden wir unbekanntes Terrain durchqueren, und der Weg nach vorne war von Unsicherheit umgeben. Während die Diskussion weiterging, wurde klar, dass das Finden von Benzin nur ein Puzzlestück war. Wir mussten die Logistik des sicheren Transports, die Risiken beim Plündern in einer Welt ohne Gesetz und Ordnung und den Zeitpunkt unserer Handlungen angesichts der zunehmenden Hitze der Sonne berücksichtigen. Trotz unserer kollektiven Intelligenz und Entschlossenheit konnten wir keinen abschließenden Aktionsplan entwickeln. Das Ausmaß der Aufgabe vor uns lastete schwer auf uns, und die Unsicherheit unserer Situation ließ uns verwundbar und schutzlos fühlen. Amir unterbricht alle,

"Leute, die Autos auf der Straße funktionieren nicht mehr, oder?", alle nicken, "Also, wenn sie nicht mehr funktionieren und niemand sie benutzt, warum nehmen wir dann einfach nicht ihr Benzin? Wir bräuchten nur einen langen Schlauch, um es herauszubekommen." Amirs Unterbrechung hing in der Luft, seine Worte trugen einen Hauch von Hoffnung. Wir hatten mit der Herausforderung zu kämpfen, in einer Welt, in der die moderne Infrastruktur zusammengebrochen war, Benzin zu finden, und Amirs Vorschlag bot eine mögliche Lösung. Ira antwortete als Erste, ihr Gesichtsausdruck nachdenklich. "Amir, es ist theoretisch eine gute Idee, aber nicht ohne Risiken. Was ist, wenn uns jemand erwischt, der sein Benzin schützt? Menschen können in solchen Zeiten unberechenbar sein." Amir nickte, die Bedenken anerkennend. "Du hast recht, Ira. Wir müssen vorsichtig und einfallsreich sein, wenn wir uns entscheiden, diesen Weg zu gehen. Aber wenn wir einen sicheren Weg finden können, um Treibstoff zu gewinnen, könnte es unser Problem lösen." Olga meldete sich zu Wort: "Wir sollten auch die Logistik des Transports des Benzins hierher in Betracht ziehen.

Wir möchten keine Verschüttungen oder Unfälle riskieren." Lana, immer die Realistin, fügte hinzu: "Und wir müssen schnell handeln. Je länger wir hierbleiben, desto mehr intensiviert sich die Hitze der Sonne." Ich nahm einen Moment, um über die Diskussion nachzudenken. Amirs Vorschlag hatte eine potenzielle Möglichkeit eröffnet, das dringend benötigte Benzin für das Auto zu bekommen, war jedoch nicht ohne Herausforderungen und Unsicherheiten. In einer Welt, in der sich die Regeln geändert hatten, hatte jede Entscheidung, die wir trafen, Konsequenzen. "Lassen Sie uns alle Optionen in Betracht ziehen", schlug ich vor. "Wir müssen die Risiken und Vorteile jeder Herangehensweise sorgfältig abwägen. Unser Ziel ist es, das Auto wieder in Gang zu bringen, damit wir unsere Reise nach Pavlodar fortsetzen können." "Scheiß drauf, machen wir es", erklärte Olga mit einem entschlossenen Blick in den Augen. Ihre Worte waren wie ein Schlachtruf, und wir alle nickten zustimmend. Es war an der Zeit zu handeln, einen Weg zu finden, das Auto wieder zum Laufen zu bringen, damit wir unsere Reise fortsetzen konnten.

+Wir folgten Olga zurück ins Haus, wo wir improvisierte Abdeckungen vorbereitet hatten, um uns vor der sengenden Sonne zu schützen. Die drückende Hitze draußen machte jeden Moment entscheidend, und wir waren von der Dringlichkeit unserer Situation motiviert. Olga verschwand in der Küche und kam mit ein paar alten Milchfässern heraus. Es war klar, dass sie einen Plan hatte. Wir versammelten uns um sie, gespannt auf die Details zu hören. "Jetzt brauchen wir nur noch einen Fahrradschlauch", sinnierte Olga laut, ihr Blick durch den Raum schweifend, als suche sie nach Inspiration. Ira, immer einfallsreich, meldete sich zu Wort. "Oma benutzt immer diesen Schlauch im Garten und auf den Feldern. Nikolai, kannst du mir helfen, ihn zu holen? Wir können ihn in ein paar lange Stücke für die Schläuche schneiden." Ich stimmte zu. "Natürlich, Ira. Lass uns diesen Schlauch holen." Zusammen machten Ira und ich uns auf den Weg zum Garten, wo Oma sich um ihre Pflanzen und Felder gekümmert hatte. Die Sonne brannte auf uns herunter, eine ständige Erinnerung an die Dringlichkeit unserer Mission. Wir fanden den Schlauch in einer Ecke, halb im Dreck vergraben.

Mit Anstrengung schafften wir es, ihn aus dem Boden zu lösen, und trugen ihn zurück ins Haus. Es war eine umständliche Aufgabe, die durch die unnachgiebige Hitze noch herausfordernder wurde, aber unsere Entschlossenheit beflügelte unsere Bemühungen. Als wir mit dem Schlauch zurück zum Haus kamen, konnten wir sehen, wie Olga und die anderen sich auf die nächsten Schritte unseres Plans vorbereiteten. Die alten Milchfässer waren ausgelegt, und wir wussten, dass die Zeit gekommen war, das kostbare Benzin zu extrahieren, das der alten Wolga wieder Leben einhauchen würde. Die Sonne stand hoch am Himmel und warf ein hartes und unerbittliches Licht auf unser Tun. Aber wir waren eine Gruppe, die von Liebe und Widerstandsfähigkeit verbunden war, und als wir uns auf dieses riskante Unterfangen begaben, um das Benzin für das Auto zu sichern, taten wir dies mit einem Gefühl von Zweck und Entschlossenheit. Olga stand am Küchentisch, ihr Fokus unbeweglich, während sie den Schlauch geschickt in mehrere Stücke schnitt. Ihre Hände bewegten sich präzise, und die Atmosphäre im Raum war von einem Gefühl von Zweck erfüllt.

"Also, jeder bekommt ein Fass und einen Schlauch", erklärte Olga, ihre Stimme fest und entschlossen. "Du steckst ihn in den Tank des Autos und saugst daran, bis das Benzin zu fließen beginnt. Dann lasst es einfach in das Fass fließen. Aber denkt daran, es ist heiß da draußen, und das Benzin kann schnell verdampfen. Also stellt sicher, dass ihr den Deckel des Fasses fest verschließt, wenn ihr fertig seid. Noch Fragen?" Wir tauschten Blicke aus und nahmen Olgas Anweisungen auf. Der Plan war einfach, trug aber inhärente Risiken in sich. Wir verstanden, dass die Dringlichkeit unserer Situation Handeln erforderte, und dies war eine Aufgabe, die wir erledigen mussten, um das Auto zum Laufen zu bringen. Lana meldete sich zu Wort, ihre Stimme spiegelte die Ernsthaftigkeit der Situation wider. "Wir müssen vorsichtig und effizient sein. Wir wollen keinen Treibstoff verschwenden oder unnötige Aufmerksamkeit auf uns ziehen." Amir nickte zustimmend. "Und wir sollten in Paaren arbeiten, nur für den Fall. Sicherheit geht vor." Olgas Ausdruck war entschlossen, als sie jeden von uns ansah. "Genau. Sicherheit geht vor.

Wir haben die Chance, dieses Auto wieder zum Laufen zu bringen, und wir können es uns nicht leisten, es zu vermasseln." Mit einem gemeinsamen Gefühl der Entschlossenheit machten wir uns an die Arbeit. Wir sammelten die Fässer und Schläuche, jeder von uns übernahm die Verantwortung, Treibstoff aus den liegengebliebenen Autos auf der Straße abzusaugen. Die Sonne brannte unerbittlich auf uns herab, eine ständige Erinnerung an die Welt draußen, aber wir waren fest entschlossen in unserer Mission. Als wir nach draußen gingen, um den riskanten Prozess des Absaugens von Treibstoff zu beginnen, trieb uns die Hoffnung an, uns in Pavlodar mit unserer Familie zu vereinen. Die Welt hatte sich verändert, aber unsere Bindung und Widerstandsfähigkeit blieben unerschüttert. Wir waren eine Gruppe von Freunden (und Geschwistern), die gemeinsam ins Unbekannte gingen, und wir waren entschlossen, die bevorstehenden Herausforderungen zu bewältigen. Als wir in die unbarmherzige Hitze des Tages traten, lastete die Dringlichkeit unserer Mission schwer auf unseren Schultern.

Mit unseren improvisierten Werkzeugen – einem Schlauch und einem alten Milchfass – teilten wir uns in Paare auf, wobei jede Gruppe damit beauftragt war, Treibstoff aus den liegengebliebenen Autos zu saugen, die entlang der Straße verstreut waren. Aus irgendeinem Grund war Amir entschlossen, allein zu arbeiten. Lana und ich machten uns zum nächsten Auto auf. Es war eine alte Limousine, deren einst elegantes Äußeres nun von Jahren der Vernachlässigung gezeichnet war. Die Intensität der Sonne lastete auf uns, als wir uns dem Fahrzeug näherten. Lana hielt das Milchfass, und ich hielt den Schlauch, beide von uns sehr bewusst über die Risiken und Herausforderungen, die uns bevorstanden. "Denk daran, Lana", sagte ich, meine Stimme von Dringlichkeit geprägt. "Wir müssen vorsichtig und schnell sein. Je länger wir hier draußen sind, desto unerträglicher wird die Hitze der Sonne." Lana nickte, ihre Entschlossenheit entsprach meiner eigenen. Wir öffneten vorsichtig den Tank des Autos, und ich führte den Schlauch ein, bereit, den kostbaren Treibstoff abzusaugen. Wir hatten das Verfahren im sicheren Umfeld des Hauses geübt, aber jetzt stand uns der eigentliche Test bevor.

Ich platzierte meine Lippen um den Schlauch und begann sanft zu saugen, der Geschmack von Benzin erfüllte meinen Mund. Es war eine seltsame Empfindung, aber das Wissen, dass wir diesen Treibstoff benötigten, um unsere Reise fortzusetzen, trieb mich voran. Nach einigen Momenten begann der Treibstoff zu fließen, und ich leitete ihn in das von Lana gehaltene Milchfass. Der Prozess verlief langsam, und die unerbittliche Hitze der Sonne lastete auf uns, während wir arbeiteten. Lana beobachtete den Pegel des Kraftstoffs im Fass steigen, ihre Augen konzentriert und entschlossen. Wir wussten, dass jeder Tropfen Benzin, den wir sammelten, kostbar war. In der Zwischenzeit arbeiteten Olga und Ira im Einklang an einem anderen Auto weiter unten auf der Straße. Olga war akribisch in ihren Handlungen und sorgte dafür, dass der Vorgang reibungslos verlief. Ira, immer bereit, beizutragen, half, das Fass stabil zu halten. Amir hatte jedoch darauf bestanden, allein zu arbeiten. Er näherte sich einem Pickup etwas weiter entfernt von uns, ein entschlossener Ausdruck auf seinem Gesicht. Wir konnten sehen, wie er den Schlauch in den Benzintank einführte und begann zu saugen, um den Treibstoff abzusaugen.

Aber während Lana und ich unseren langsamen, aber stetigen Fortschritt fortsetzten, konnten wir nicht umhin festzustellen, dass etwas mit Amirs Bemühungen nicht stimmte. Er schien zu kämpfen, und seine Körpersprache vermittelte Frustration. Ich tauschte einen besorgten Blick mit Lana aus. "Irgendetwas stimmt nicht mit Amir", flüsterte ich. "Er hat vielleicht Schwierigkeiten mit dem Siphon." Lana nickte, ebenso besorgt. Wir setzten unsere Arbeit fort, aber unsere Aufmerksamkeit war geteilt. Amirs Situation beunruhigte uns, und wir wussten, dass jeder Fehler in diesem Prozess schwerwiegende Folgen haben könnte. Während wir Benzin aus der alten Limousine abzapften, rasten unsere Gedanken über Amir. Hatte er Schwierigkeiten? Brauchte er Hilfe? Die unerbittliche Hitze der Sonne verstärkte nur unsere wachsende Unruhe. Nachdem es sich angefühlt hatte wie eine Ewigkeit, schafften wir es, das Milchfass mit Benzin zu füllen. Der Prozess war langsam und anstrengend gewesen, aber wir wussten, dass wir eine entscheidende Aufgabe erfüllt hatten. Sorgfältig verschlossen wir das Fass, um sicherzustellen, dass kein Tropfen Treibstoff der Verdunstung zum Opfer fiel.

Mit unserer abgeschlossenen Mission richteten Lana und ich unsere Aufmerksamkeit wieder auf Amir, Besorgnis in unseren Gesichtern abgezeichnet. Wir konnten sehen, wie er mit dem Schlauch zu kämpfen hatte, seine Frustration in seiner Körpersprache offensichtlich. Es war klar, dass etwas schiefgelaufen war. Lana übernahm die Führung, ihre Stimme voller Sorge, als sie ihn ansprach. "Amir, brauchst du Hilfe? Geht es dir gut?" Amir schaute auf, sein Gesicht vom heißen Wetter und der Frustration gerötet. "Ich bekomme dieses verdammte Ding nicht zum Laufen", gab er zu, seine Stimme angestrengt. Lana und ich eilten zu ihm, entschlossen, unserem Freund zu helfen. Wir konnten sehen, dass er ein Durcheinander angerichtet hatte, und der Treibstoff aus dem Pick-up-Truck war auf dem Boden verschüttet, eine kostbare Ressource verschwendet. Ira und Olga, nachdem sie ihre Aufgabe abgeschlossen hatten, schlossen sich uns ebenfalls an. Gemeinsam bewerteten wir die Situation und versuchten, zu retten, was wir konnten. Aber das verschüttete Benzin und die Frustration auf Amirs Gesicht wahren deutliche Erinnerungen an die Herausforderungen, denen wir in dieser unberechenbaren Welt gegenüberstanden. Während wir daran arbeiteten, das verschüttete Benzin aufzuräumen und Amir zu trösten, setzte die Sonne ihre unerbittliche Attacke gegen uns fort. Wir waren eine Gruppe, die von Liebe und Widerstandsfähigkeit zusammengehalten wurde, aber wir lernten auch auf die harte Tour, dass jede Handlung, die wir in dieser veränderten Welt setzten, Konsequenzen hatte und Fehler teuer werden konnten. Mit dem verschütteten Treibstoff, der ein Durcheinander verursachte, und Amir offensichtlich frustriert, erkannten wir, dass es nicht nur unproduktiv, sondern auch potenziell gefährlich war, unsere Bemühungen unter der sengenden Sonne fortzusetzen. Die Hitze war unerbittlich, und wir konnten es uns nicht leisten, noch mehr Zeit oder Ressourcen zu verschwenden. Lana und ich, zusammen mit Olga und Ira, eilten zu Amir, um ihm zu helfen, das verschüttete Benzin aufzuräumen. Wir wussten, dass jeder Tropfen Treibstoff kostbar war, und ihn verschwendet zu sehen, war entmutigend. Während wir daran arbeiteten, den Schaden zu begrenzen und sicherzustellen, dass kein weiterer Treibstoff verloren ging, lastete die Intensität der Sonne schwer auf uns und machte unsere Bemühungen umso herausfordernder. Die Welt draußen war zu einem feindlichen und unbarmherzigen Ort geworden, und unsere Handlungen wurden von einem Gefühl der Dringlichkeit und der Notwendigkeit bestimmt, uns an unsere veränderten Umstände anzupassen. Schließlich, nachdem der Schaden so gut wie möglich behoben war, zogen wir uns in die Wohnung zurück, um Schutz vor der sengenden Hitze zu suchen. Das Gefühl, im Schatten zu sein und nicht direkt von den Strahlen der Sonne getroffen zu werden, war eine willkommene Erleichterung, und wir alle ließen einen kollektiven Seufzer der Erleichterung aus. Ich wischte den Schweiß von meiner Stirn und schaute mich um, zu meinen Freunden und Schwestern. Wir versammelten uns im Wohnzimmer, und es war offensichtlich, dass eine Atmosphäre der Erschöpfung und Frustration in der Luft lag. Wir hatten den Treibstoff, den wir brauchten, aber unsere Bemühungen waren von Schwierigkeiten und Rückschlägen überschattet worden.

"Puh, jetzt haben wir den Treibstoff und das Auto", sagte ich und versuchte, einen Hauch von Optimismus in den Raum zu bringen. "Aber wir brauchen einen Plan." Meine Worte hingen in der Luft, und ich konnte sehen, dass meine Freunde und Schwestern gespannt darauf waren, zu hören, was ich im Sinn hatte. Wir hatten einen entscheidenden Schritt geschafft, indem wir den Treibstoff gesichert hatten, aber die Herausforderungen, die uns auf unserer Reise nach Pavlodar bevorstanden, waren noch lange nicht vorbei. Ich fuhr fort, meine Stimme ruhig und entschlossen. "Wir wissen, dass das Auto funktioniert, und wir haben den Treibstoff. Unser nächster Schritt ist, unsere Route zu planen und sicherzustellen, dass wir genug Vorräte haben, um nach Pavlodar zu kommen. Wir können es uns nicht leisten, von hier an Fehler zu machen." Während ich sprach, konnte ich einen erneuerten Sinn für Zielstrebigkeit in den Augen meiner Gefährten sehen. Wir waren eine Gruppe, die von Liebe und Widerstandsfähigkeit verbunden war, und selbst angesichts von Widrigkeiten blieb unsere Entschlossenheit, uns mit unserer Familie in Pavlodar zu vereinen, unerschütterlich.

Aber der Weg vor uns war noch unsicher, und unsere Reise durch diese veränderte Welt war von Herausforderungen und Unwägbarkeiten geprägt. Es lag an uns, einen Weg nach vorne zu bahnen, uns auf unseren Einfallsreichtum und die Bindungen von Freundschaft und Familie zu verlassen, um uns durch die unsicheren Tage, die vor uns lagen, zu führen. Wir versammelten uns um den Küchentisch, die Liste der Bedürfnisse war unser Lebensfaden in dieser unberechenbaren Welt. Der Raum wurde vom sanften, warmen Licht durch die Vorhänge durchflutet, ein krasser Kontrast zur harten Sonne draußen. Mit dem gesicherten Treibstoff und dem wartenden Auto war es entscheidend, unsere Reise nach Pavlodar sorgfältig zu planen. Ich holte tief Luft, mein Blick wanderte zu jedem meiner Gefährten, als wir begannen, die Liste der Notwendigkeiten zusammenzustellen. Wir wussten, dass jeder aufgenommene Gegenstand einen praktischen Zweck erfüllen musste; es gab keinen Platz für Luxus oder überflüssiges Gepäck. Ira, immer praktisch und detailorientiert, meldete sich als Erste zu Wort. "Wir brauchen Nahrung und Wasser, genug, um uns während der Reise zu versorgen. Wir können nicht darauf vertrauen, entlang des Weges Vorräte zu finden, angesichts des Zustands der Welt." Lana, ebenso fokussiert, fügte hinzu: "Wir sollten auch eine Erste-Hilfe-Ausrüstung haben. Man weiß nie, wann sie nützlich sein könnte, besonders in einer Welt ohne sofortige medizinische Hilfe." Olga, mit ihrer Begabung für die Planung, stimmte ein: "Decken und warme Kleidung. Die Nächte können kalt werden, und wir müssen warm bleiben, während wir im Auto schlafen." Amir, der die Bedeutung von Vorbereitung verstanden hatte, sagte: "Eine Karte. Wir können uns nicht mehr auf GPS verlassen, und wir müssen eine klare Route nach Pavlodar haben." Ich nickte in Zustimmung zu jeder dieser Vorschläge. "Wir sollten auch alle nützlichen Werkzeuge mitnehmen, die wir finden können - wie eine Taschenlampe, ein Schweizer Taschenmesser und ein paar Ersatzteile für das Auto, falls es kaputt geht." Mit jedem hinzugefügten Gegenstand auf der Liste legte sich ein Gefühl von Zweck und Entschlossenheit über uns. Wir verstanden, dass unsere Reise von Herausforderungen geprägt sein würde, und die Essenzieles würden unsere Lebensader sein.

Als wir die Liste weiterführten, taten wir dies mit einem Sinn für Pragmatismus, wissend, dass jeder Gegenstand, den wir einschlossen, einen praktischen Zweck auf unserer Reise durch diese veränderte Welt erfüllen musste. Als wir schließlich eine umfassende Liste unserer tatsächlichen Bedürfnisse hatten - Nahrung, Wasser, Erste-Hilfe-Ausrüstung, Decken und warme Kleidung, eine Karte, nützliche Werkzeuge und Ersatzteile für das Auto - teilten wir ein kollektives Gefühl des Erfolgs. Wir waren bereit, dem Unbekannten ins Auge zu sehen, bewaffnet mit unserer Entschlossenheit, unserem Einfallsreichtum und einem klaren Aktionsplan. Die Straße vor uns war unsicher, aber wir waren eine Gruppe, die durch Liebe und Widerstandsfähigkeit verbunden war. Mit unserer Liste der Bedürfnisse in der Hand waren wir bereit, den nächsten Abschnitt unserer Reise nach Pawlodar anzutreten, wo die Hoffnung, unsere Familie wiederzusehen, uns vorantrieb, selbst angesichts einer unvorhersehbaren und gnadenlosen Welt. Mit unserer Liste der wesentlichen Bedürfnisse in der Hand machten wir uns auf die Mission, Vorräte für unsere Reise nach Pawlodar zu sammeln.

Die Welt draußen war nicht wiederzuerkennen, ein deutlicher Abbruch vom Leben, das wir einst gekannt hatten. Aber wir wurden von den unzerbrechlichen Bindungen der Familie und Freundschaft angetrieben und von dem Entschluss, uns mit unseren Lieben wieder zu vereinen. Unser erster Halt war das örtliche Lebensmittelgeschäft. Wir wussten, dass die Sicherung von Nahrung und Wasser oberste Priorität hatte, da diese Vorräte uns auf der langen und beschwerlichen Reise voranbringen würden. Als wir das Geschäft betraten, war der Anblick, der uns erwartete, sowohl unheimlich als auch verstörend. Die Regale, einst gefüllt mit einer Vielzahl von Waren, standen kahl und leer. Es war eine deutliche Erinnerung an die Knappheit, die die Welt seit dem katastrophalen Ausbruch der Sonne ergriffen hatte. Wir durchsuchten das Geschäft nach verbleibenden Vorräten, sammelten nicht verderbliche Lebensmittel und Flaschenwasser, wo immer wir sie finden konnten. Unsere Bemühungen waren ein Zeugnis unser Einfallsreichtum. Wir verstanden, dass sich die Welt verändert hatte und die Annehmlichkeiten der Vergangenheit nicht mehr verfügbar waren.

Wir mussten uns an diese neue Realität anpassen und mit dem auskommen, was wir finden konnten. Als nächstes wagten wir uns zur örtlichen Apotheke. Das Fehlen moderner medizinischer Einrichtungen und Hilfe bedeutete, dass es entscheidend war, eine gut ausgestattete Erste-Hilfe-Ausrüstung zu haben. Wir sammelten Verbandsmaterial, Antiseptika, Schmerzmittel und andere medizinische Grundausstattungen und stellten sorgfältig eine Ausrüstung zusammen, die häufige Verletzungen und Beschwerden behandeln konnte. Während wir von einem Ort zum anderen zogen, trafen wir auf eine Welt im Chaos. Verlassene Autos lagen auf den Straßen verstreut, ihre einst makellosen Außenseiten nun verblasst und beschädigt. Gebäude standen leer und still, ein krasser Kontrast zum geschäftigen Leben, das einst unsere Stadt geprägt hatte. Decken und warme Kleidung wurden unsere nächste Priorität. Mit der unberechenbaren Natur der Welt draußen mussten wir sicherstellen, dass wir uns in den kalten Nächten warmhalten konnten.

Wir besuchten Häuser, durchsuchten sie nach brauchbaren Decken und Kleidung, sammelten, was wir konnten, um Wärme und Komfort während unserer Reise zu bieten. Die Beschaffung einer Karte stellte sich als Herausforderung heraus. Moderne Technologie war obsolet geworden, und eine Papierkarte zu finden, war keine leichte Aufgabe. Nachdem wir zahlreiche verlassene Gebäude und Büros durchsucht hatten, stießen wir auf eine alte, staubige Karte der Region. Es war ein wertvoller Fund, ein greifbarer Leitfaden, der uns helfen würde, das unbekannte Gelände zu navigieren. Nützliche Werkzeuge wie Taschenlampen und ein Schweizer Taschenmesser wurden ebenfalls während unserer Suchaktion gesammelt. Diese Gegenstände sollten sich in verschiedenen Situationen als unschätzbar wertvoll erweisen und uns helfen, uns an die unvorhersehbaren Herausforderungen anzupassen, die vor uns lagen. Schließlich suchten wir nach Werkzeugen für das Auto. Der alte Volga hatte uns gut gedient, war aber nicht vor Pannen immun.

Wir durchsuchten verlassene Autowerkstätten und Garagen, sammelten Ersatzreifen und Werkzeuge, um sicherzustellen, dass unser Fahrzeug betriebsbereit blieb. Während unserer Mission, Vorräte zu sammeln, sahen wir uns nicht nur den physischen Herausforderungen gegenüber, eine Welt im Chaos zu durchqueren, sondern auch der emotionalen Belastung, die sich aus den tiefgreifenden Veränderungen ergab, die unsere Stadt und unser Leben heimgesucht hatten. Die einst vertrauten Straßen trugen jetzt eine Atmosphäre der Verwüstung, eine klare Erinnerung an die Verletzlichkeit der Welt. Doch wir setzten unseren Weg fort, angetrieben von der Hoffnung, uns mit unserer Familie in Pavlodar wieder zu vereinen. Die Welt draußen war unsicher und unerbittlich, aber wir waren eine Gruppe, die durch Liebe und Widerstandsfähigkeit verbunden war. Mit unseren Vorräten gesichert, waren wir einen Schritt näher daran, uns auf den nächsten Abschnitt unserer Reise durch diese veränderte Welt zu begeben, in der jeder Tag neue Herausforderungen und die Aussicht auf Wiedersehen mit unseren Liebsten mit sich brachte.

Nach unserer erschöpfenden Suchaktion kehrten
wir nach Hause zurück und fanden uns wieder in
der gemütlichen Umarmung unserer Küche. Das
weiche, warme Licht von der einzelnen Glühbirne
über uns erhellte den Raum und warf vertraute
Schatten auf die abgenutzten Möbel und die
verblichene Tapete. Olga und ich machten uns
daran, eine schnelle Mahlzeit zuzubereiten. Der alte
Gasherd aus den 1980er Jahren stand als
zuverlässiges Zeugnis sowjetischer Ingenieurskunst
da, seine blauen Flammen tanzten unter dem Topf,
den wir daraufstellten. Der Geruch des Kochens
durchzog die Küche, ein tröstlicher Duft, der die
Luft erfüllte. Ich beobachtete, wie Olga geschickt
Gemüse würfelte, ihre Bewegungen effizient und
routiniert. In den vertrauten Geräuschen des
Schneidens und Bratens lag ein Gefühl von Routine,
eine beruhigende Erinnerung an das Leben, das wir
kannten, bevor sich die Welt verändert hatte.
Während wir kochten, waren unsere Gedanken auf
die bevorstehende Reise gerichtet. Die Karte, die
wir zuvor gefunden hatten, lag auf dem
Küchentisch, ihr gealtertes Papier gefüllt mit
komplexen Linien und Symbolen, die das
unbekannte Gelände repräsentierten, das wir

durchqueren würden. Unsere Vorräte waren
sorgfältig organisiert, jeder Gegenstand erfüllte
einen wichtigen Zweck in unserem Streben,
Pavlodar zu erreichen. Als die Mahlzeit fertig war,
versammelten wir uns um den Tisch. Das Gericht,
einfach und herzhaft zugleich, erinnerte daran, dass
selbst die grundlegendsten Mahlzeiten in dieser
neuen Welt eine kostbare Ware waren. Wir aßen
schweigend, jeder Bissen ein Zeugnis unserer
Widerstandsfähigkeit und Entschlossenheit.
Während dieser Mahlzeit verkündete Olga die
Entscheidung. Ihre Stimme war fest, ihr Blick
unbeirrbar, als sie sich an unsere Gruppe wandte.
"In zwei Stunden brechen wir nach Pavlodar auf",
erklärte sie. "Die Reise wird lang sein, mit
Abschnitten der Straße, die herausfordernd sein
könnten. Wir sollten uns auf eine Fahrt vorbereiten,
die je nach den Bedingungen zwischen 12 und 17
Stunden dauern kann." Das Gewicht ihrer Worte
legte sich über uns. Die Straße vor uns war
unsicher, gefüllt mit potenziellen Hindernissen und
Herausforderungen. Aber unser Wunsch, uns mit
unserer Familie in Pavlodar wiederzuvereinen, war
eine mächtige Triebkraft, die jeden Zweifel oder
jede Angst überstrahlte. Olga fuhr fort: "Bevor wir

losfahren, sollten wir uns so gut wie möglich ausruhen. Eine lange Fahrt erwartet uns, und wir müssen wachsam und bereit sein für alles, was uns unterwegs begegnen könnte." Mit dem beendeten Essen begannen wir, uns auf die letzte Vorbereitung für die Reise zu machen. Die Sonne war unter den Horizont getaucht und tauchte die Welt draußen in Dunkelheit. Die Uhr an der Wand tickte die Minuten bis zu unserer Abreise hinunter. Während wir uns auf die lange Fahrt nach Pavlodar vorbereiteten, konnte ich nicht umhin, ein Gefühl von Vorfreude gemischt mit Besorgnis zu verspüren. Die Welt hatte sich in Weisen verändert, die wir uns nie hätten vorstellen können, und die Straße vor uns war in Unsicherheit gehüllt. Aber wir waren eine Gruppe, die von Liebe und Widerstandsfähigkeit verbunden war, und gemeinsam waren wir entschlossen, uns den Herausforderungen zu stellen, die auf unserer Reise durch diese veränderte Welt vor uns lagen.

Die Reise

In diesen kostbaren zwei Stunden vor unserer Abreise zogen sich Lana und ich in mein Zimmer zurück. Das gedämpfte Licht von der kleinen Nachttischlampe warf einen warmen, intimen Schein über das Zimmer und schuf eine Art Zufluchtsort inmitten des Chaos der Außenwelt. Wir beide verstanden die Ernsthaftigkeit unserer Situation und die Unsicherheit, die auf unserer Reise nach Pavlodar vor uns lag. In diesen ruhigen Momenten, eingehüllt in den Armen des anderen, suchten wir Trost und Geborgenheit ineinander. Während wir kuschelten, unsere Körper eng beieinander und unsere Herzen noch näher, gab es zwischen uns ein ungesprochenes Verständnis. Die Welt draußen war unbarmherzig, und die Zukunft unsicher. In diesen Momenten fühlte sich unsere Verbindung wie eine Lebensader an, eine Quelle von Stärke und Beruhigung angesichts des Unbekannten.

Unsere Atemzüge synchronisierten sich, während wir uns festhielten, und unsere Finger zeichneten sanfte Muster auf der Haut des anderen nach. Die Außenwelt schien zu verblassen, und es blieben nur wir beide, verbunden durch eine Liebe, die das Chaos und die Herausforderungen um uns herum überstieg. In der Stille meines Zimmers, mit dem sanften Summen der alten Analoguhr an der Wand als dezente Erinnerung an die vergehende Zeit, fanden Lana und ich Trost in der Anwesenheit des anderen. Es war ein Moment der Intimität und Verletzlichkeit, ein Spiegelbild unserer gemeinsamen Reise durch diese veränderte Welt. Während wir kuschelten, erfüllten unsere geflüsterten Worte von Liebe und Ermutigung die Luft. Es bedurfte keiner aufwändigen Ausdrücke oder großer Gesten; unsere Verbindung wurde durch die einfache Tatsache definiert, füreinander da zu sein in einer Welt, die immer komplexer und unvorhersehbarer wurde. In diesen zwei Stunden, während wir uns festhielten, erinnerte unsere Liebe daran, dass menschliche Verbundenheit eine anhaltende Kraft ist.

Die Straße vor uns war unsicher, aber wir standen ihr mit dem Wissen gegenüber, dass wir nicht allein waren, dass unsere Bindung eine Quelle der Stärke war, die uns durch die Herausforderungen und Unsicherheiten unserer Reise nach Pavlodar tragen würde. Lana und ich rissen uns widerwillig aus dem intimen Kokon meines Zimmers. Wir verstanden, dass wichtige Angelegenheiten zu erledigen waren, darunter die dringende Notwendigkeit, meine Mutter und Großmutter zu finden. Die Außenwelt war unberechenbar, und die Sicherheit unserer Familie hatte oberste Priorität. Als wir in das Wohnzimmer traten, wurden wir von einem lebhaften Chor von Stimmen begrüßt. Amirs begeisterte Begrüßung erfüllte den Raum, und Olgas neckende Bemerkung über "Verliebte" brachte sowohl Lana als auch mich zum Erröten. Amirs Worte trugen einen Hauch von Verspieltheit, als er ausrief: "Hey, ihr beiden Verliebten! Wir haben auf euch gewartet!" Olga stimmte ein, ihr Ton ebenso leichtfüßig: "Ja, wir haben fast 45 Minuten auf euch gewartet. Wir haben bereits einen Plan erstellt, wie wir nach Pavlodar kommen, mit allen notwendigen Zwischenstopps."

Als Olga die Karte ausbreitete und sie auf dem Tisch ausbreitete, begann sie, die Route zu beschreiben, die wir von Polovnikovka nach Pavlodar nehmen würden. Ihr Finger folgte den komplexen Linien und Symbolen auf dem gealterten Papier und enthüllte eine Reihe von Stopps, die unsere Reise durch diese veränderte Welt markieren würden. "Unser erster Zwischenstopp", erklärte Olga, "wird in Semei sein. Es ist etwa eine vierstündige Fahrt von hier, und dort sollten wir zusätzliche Vorräte finden können. Es ist eine relativ große Stadt, also könnten wir dort eine bessere Chance haben, deine Mutter und Großmutter zu finden." Ich nickte zustimmend, dankbar für Olgas pragmatischen Ansatz für unsere Reise. Wir mussten jede Gelegenheit nutzen, um wieder mit unserer Familie zusammenzukommen, und Semei schien ein vielversprechender Ausgangspunkt zu sein. Olga fuhr fort, während ihr Finger über die Karte wanderte: "Unser nächster Halt wird in Ayagoz sein, etwa auf halbem Weg zwischen hier und Pavlodar. Es ist eine kleinere Stadt, aber sie liegt auf unserem Weg, und wir können nach Anzeichen von Mama und Babushka suchen."

Die von ihr skizzierten Stopps waren strategisch, um unsere Chancen zu maximieren, unsere Lieben zu finden, und gleichzeitig sicherzustellen, dass wir auf dem Weg die notwendigen Vorräte und Ruhepausen hatten. Lana und ich hörten aufmerksam zu, nahmen jede Einzelheit von Olgas Plan auf. Die Welt draußen war zu einem Labyrinth der Unsicherheit geworden, und Olgas Anleitung gab uns eine klare Richtung und einen Sinn für Zweck. Mit unserer geplanten Route und einem klaren Plan im Gepäck wussten wir, dass unsere Reise nach Pavlodar mit Herausforderungen gespickt sein würde. Doch wir waren eine Gruppe, die von Liebe und Widerstandsfähigkeit zusammengehalten wurde, und wir traten dem Unbekannten mit Entschlossenheit und Hoffnung entgegen. Diese wurde genährt von dem unerschütterlichen Glauben, dass unsere Familie da draußen war, bereit, sich in dieser veränderten Welt mit uns zu vereinen. Der Moment war gekommen. Unsere Vorbereitungen waren abgeschlossen, unsere Route geplant, und wir waren bereit, unsere Reise von Polovnikovka nach Pavlodar anzutreten.

Als wir nach draußen traten und uns der alten
Wolga näherten, lag Aufregung und Vorfreude in
der Luft. Das Auto, eine schwarze sowjetische
Wolga aus den 1970er Jahren, stand wie ein Relikt
vergangener Zeiten da. Seine einst glänzende
Außenhaut war mit der Zeit verblasst und
verwittert, aber es blieb ein robustes und
zuverlässiges Fahrzeug, unberührt von dem EMP,
der die moderne Technologie nutzlos gemacht hatte.
Wir versammelten uns um das Auto, jeder von uns
nahm seinen zugewiesenen Platz ein. Olga, unsere
Fahrerin und Navigatorin, saß hinter dem Lenkrad,
ihre Hände ruhig am rissigen Lederlenkrad. Ira
nahm den Beifahrersitz ein, ihre jugendliche
Energie und Begeisterung eine willkommene
Ergänzung zu unserer Gruppe. Im Rücksitzbereich
ließen sich Lana und ich nieder, der alte, abgenutzte
Bezug tröstlich in seiner Vertrautheit. Amir, mit
seiner imposanten Statur, saß neben uns, sein
Rucksack mit Vorräten ruhte zu seinen Füßen. Im
Kofferraum hatten wir unsere gesammelten
Proviantvorräte und die Ersatzteile für das Auto
verstaut, um sicherzustellen, dass alles fest gepackt
war. Die ersten zwei Stunden unserer Reise waren
ein Wirbelwind aus Aktivität und Emotionen.

Als Olga den Schlüssel im Zündschloss drehte, erwachte der Motor zum Leben, ein Zeugnis der Widerstandsfähigkeit der alten Wolga. Ein Gefühl von Abenteuer und Ungewissheit lag in der Luft und vermischte sich mit der Vorfreude auf das, was vor uns lag. Wir hatten eine alte Kassette der sowjetischen Band "Kino" gefunden, eine legendäre Gruppe, deren Musik die Zeiten überdauert hatte. Als Olga die Kassette in das Autoradio einlegte, erfüllten die vertrauten Klänge der Musik das Fahrzeug, eine fesselnde Melodie, die die Jahrzehnte überdauerte. Die Musik diente als Hintergrund für unsere Gespräche, unser Lachen und gelegentliche Momente der Stille. In diesen ersten zwei Stunden war unsere Welt im Auto eine Kakophonie von Stimmen, die Geschichten, Hoffnungen und Träume teilten. Amir, immer der Gesprächsführer, erzählte uns Anekdoten aus seiner Kindheit, die Gelächter und Kameradschaft hervorriefen. Ira, die Jüngste von uns, brachte eine jugendliche Perspektive in die Welt ein, ihre Neugier und Optimismus waren eine Inspirationsquelle. Lana und ich saßen eng beieinander auf der Rückbank und teilten leise Gespräche, die sowohl intim als auch beruhigend waren.

Wir sprachen über unsere Träume für die Zukunft, über die Familie, mit der wir uns in Pavlodar hofften, wiederzuvereinen, und über die unzerbrechliche Bindung, die uns in dieser veränderten Welt zusammengebracht hatte. Dabei spielte die Musik von "Kino" weiter, ihre fesselnden Texte und Melodien dienten als Erinnerung an die anhaltende Kraft von Kunst und Kultur, selbst angesichts kataklystischer Veränderungen. Während wir durch die sich verändernde Landschaft fuhren, war die Welt außerhalb der Autofenster ein Zeugnis für die Unvorhersehbarkeit unserer Reise. Verlassene Autos säumten die Straßen, leere Gebäude standen als stille Zeugen der Umwälzungen der Welt da, und die einst vertrauten Wahrzeichen unserer Stadt wurden zu fernen Erinnerungen. Die ersten zwei Stunden unserer Fahrt vergingen schnell, ein Wirbelwind aus Emotionen und Gesprächen. Wir waren eine Gruppe, die von Liebe und Widerstandsfähigkeit verbunden war und gemeinsam ins Unbekannte blickte. Und während der Musik weiterspielte und die Meilen sich vor uns erstreckten, wussten wir, dass unsere Reise gerade erst begonnen hatte, mit der Aussicht, uns in Pavlodar mit unserer Familie

wiederzuvereinen, die uns in dieser veränderten
Welt als unser Leitstern diente. Auf unserer Reise
von Polovnikovka nach Pavlodar war die Straße vor
uns alles andere als glatt. Unser Weg war von
Herausforderungen gespickt, und wir stießen auf
Hindernisse, die unsere Widerstandsfähigkeit und
Entschlossenheit auf die Probe stellten. Die erste
Hürde war eine Straßensperre durch ein
verlassenes Fahrzeug verursacht. Der Fahrer
musste es in Eile verlassen haben, da es chaotisch
mitten auf der Straße stand und uns den Weg
versperrte. Olga manövrierte den alten Volga
geschickt um das Hindernis herum, ihre sichere
Hand am Lenkrad führte uns sicher vorbei. Unser
Fortschritt war langsam, da wir unterwegs auf
mehr verlassene Fahrzeuge stießen. Die Straßen
waren übersät mit Autos, die von ihren Besitzern
zurückgelassen worden waren, ein Zeugnis für das
Chaos, das die Welt seit dem katastrophalen
Ausbruch der Sonne ergriffen hatte. Wir mussten
uns behutsam durch das Labyrinth der Hindernisse
hindurchwinden, eine Aufgabe, die Geduld und
Teamarbeit erforderte.

In einem besonders herausfordernden Abschnitt der Straße trafen wir auf einen umgestürzten Baum, der unseren Weg versperrte. Es war eine formidale Barriere, seine massiven Äste erstreckten sich über die Straße wie eine natürliche Absperrung. Ohne andere Option wussten wir, dass wir den Weg freimachen mussten, wenn wir unsere Reise fortsetzen wollten. Amir, immer einfallsreich, holte eine Kettensäge aus unserem Vorrat im Kofferraum. Mit ausgeschaltetem Motor des alten Volga, um Treibstoff zu sparen, startete er die Kettensäge und begann mit entschlossener Anstrengung, den umgestürzten Baum zu zersägen. Es war harte Arbeit, aber wir alle halfen mit, wechselten uns ab, um Amir zu entlasten, während er unermüdlich durch die dicken Äste sägte. Nachdem es sich wie Stunden angefühlt hatte, hatten wir es schließlich geschafft, die Straße zu räumen. Der umgestürzte Baum war kein unüberwindliches Hindernis mehr, und wir konnten unsere Reise fortsetzen. Unsere Teamarbeit und Entschlossenheit hatten sich ausgezahlt, ein Beweis für unsere Fähigkeit, Herausforderungen gemeinsam zu bewältigen. Auf unserem Weg traten jedoch weitere Probleme auf.

Der alte Volga, obwohl zuverlässig, war nicht immun gegen Pannen. Wir hatten uns mit Ersatzteilen und Werkzeugen vorbereitet, aber der Motor des Autos begann zu stottern und an Leistung zu verlieren. Olga lenkte das Fahrzeug geschickt an den Straßenrand, und wir stiegen alle aus, um die Situation zu bewerten. Amir, mit seinem Fachwissen in Mechanik, übernahm die Führung bei der Diagnose des Problems. Es stellte sich heraus, dass es sich um ein kleines Problem mit der Kraftstoffleitung handelte, ein Problem, das mit den mitgebrachten Ersatzteilen behoben werden konnte. Gemeinsam ersetzten wir das defekte Bauteil, und mit einem Gefühl der Erleichterung erwachte die alte Volga wieder zum Leben. Durch diese Herausforderungen wuchs unsere Bindung als Gruppe stärker. Wir begegneten jedem Hindernis mit Entschlossenheit und Einfallsreichtum, vertrauten auf unsere individuellen Fähigkeiten und die kollektive Stärke unserer Gruppe. Die Welt draußen war unvorhersehbar, aber zusammen waren wir ein formidables Team, fähig, jede Herausforderung zu überwinden, die sich uns in den Weg stellte.

Während wir unsere Reise durch diese veränderte Welt fortsetzten, wussten wir, dass uns weitere Herausforderungen bevorstanden. Aber mit unserer unerschütterlichen Entschlossenheit und den unzerstörbaren Bindungen von Familie und Freundschaft waren wir bereit, uns allem zu stellen, was die Straße für uns bereithielt. Als wir uns der ersten größeren Stadt auf unserer Reise näherten, die wir als unseren ersten Stopp markiert hatten, wurde die düstere Realität der Welt draußen allzu offensichtlich. Die einst blühende städtische Landschaft hatte sich in ein schauriges Tableau aus Zerstörung und Chaos verwandelt. Unsere Fahrt durch die Stadt war langsam und bedacht. Verlassene Fahrzeuge säumten die Straßen, ein düsteres Zeugnis für den überstürzten Rückzug ihrer Besitzer, als der Ausbruch der Sonne die Welt ins Chaos stürzte. Olga navigierte geschickt den alten Volga um jedes Hindernis herum, ihre ruhige Hand am Lenkrad führte uns durch das Labyrinth verlassener Autos. Die Stadt, die einst vor Leben pulsierte, lag nun in unheimlicher Stille.

Es war, als ob die Zeit eingefroren wäre, und sie hinterließ eine Landschaft, die wie die Folgen einer Katastrophe aussah. Autos lagen verkohlt und schwelend da, ihre Flammen längst erloschen, aber ihre Karosserien trugen noch immer die Narben des Feuers. Geschäfte waren geplündert worden, ihre Fenster zerschlagen und ihre Inhalte geplündert, was leere Schaufenster hinterließ und als deutliche Erinnerung an die Verzweiflung diente, die die Bewohner der Stadt ergriffen hatte. Häuser, einst Heimat von Familien, standen als hohle Hüllen da, ihre Wände vom Feuer geschwärzt. Es war ein beklemmender Anblick, eine deutliche Erinnerung an die Fragilität der menschlichen Zivilisation angesichts eines kataklystischen Ereignisses. Trotz der Zerstörung, die uns umgab, blieb die Stadt unheimlich ruhig. Es gab keine Anzeichen von Leben, keine Geräusche von Menschen, die ihren täglichen Routinen nachgingen. Es war, als ob die Welt verlassen worden wäre, und ihre Bewohner waren im Zuge des Ausbruchs der Sonne in alle Winde zerstreut worden. Unsere Fahrt durch die Stadt war eine ernüchternde Erfahrung. Wir fuhren schweigend, jeder von uns in seinen eigenen Gedanken verloren, und überlegten die Schwere der

Situation. Die Welt draußen hatte sich auf Weisen verändert, die wir uns niemals hätten vorstellen können, und der Anblick der Ruinen der Stadt diente als deutliche Erinnerung an die Herausforderungen, denen wir auf unserer Suche nach der Wiedervereinigung mit unserer Familie gegenüberstanden. Während wir weiter durch die Stadt fuhren, konnten wir nicht umhin, uns über das Schicksal ihrer Bewohner zu wundern. Hatten sie anderswo Schutz gefunden? Oder waren sie dem Chaos und der Zerstörung erlegen, die durch die Straßen gefegt waren? Die Antworten blieben unklar, verloren in der Stille und Verwüstung der Stadt. Trotz der Tristesse unserer Umgebung blieb unsere Entschlossenheit, voranzukommen, unerschüttert. Wir wussten, dass unsere Reise nach Pawlodar voller Unsicherheiten und Gefahren war, aber unsere Bindung als Gruppe, unsere gemeinsame Liebe und Widerstandsfähigkeit, gaben uns die Kraft, allen Herausforderungen in dieser veränderten Welt zu begegnen. Während wir uns langsam durch die verlassene Stadt bewegten, wurde die gespenstische Stille von einem plötzlichen und unerwarteten Ereignis unterbrochen.

Aus dem Nichts tauchte ein Mann auf, dessen Gestalt von Angst und Verzweiflung umhüllt war. Seine Kleidung schien verkohlt zu sein, als ob er in einem Feuer gefangen gewesen wäre, und sein Gesicht trug die Qual eines Menschen, der unvorstellbare Schrecken erlebt hatte. Der Mann näherte sich unserem Auto, seine hektischen Bewegungen erregten unsere Aufmerksamkeit. Er schlug an das Fenster neben mir, seine Schreie wurden durch das Glas gedämpft. Seine Augen waren vor Angst weit aufgerissen, und seine Worte kamen in einem frenetischen Schwall heraus. "Wir halten hier nicht an", erklärte Olga entschlossen, ihre Stimme von Entschlossenheit durchzogen. Sie verstand die Gefahren der Situation, und ihre Priorität lag bei unserer Sicherheit. Ich nickte zustimmend, mein Herz schlug pochend in meiner Brust. Es war klar, dass etwas Schreckliches in dieser Stadt geschehen war, und das Erscheinen und Verhalten des Mannes verstärkten nur das Gefühl düsterer Vorahnung, das in der Luft lag. Wir konnten uns keine unnötigen Risiken erlauben, besonders wenn unser ultimatives Ziel darin bestand, Pavlodar zu erreichen und uns mit unserer Familie zu vereinen.

Olga drückte das Gaspedal durch, und die alte Volga schoss vorwärts, den gequälten Mann zurücklassend. Während wir durch die Stadt fuhren, blieb die Erinnerung an diese beängstigende Begegnung in unseren Köpfen haften, eine klare Erinnerung an die Gefahren, die in dieser veränderten Welt lauerten. Die Entscheidung, weiterzufahren, nicht mitten in der Verwüstung der Stadt anzuhalten, war eine schwierige, aber sie wurde aus Notwendigkeit getroffen. Wir wussten, dass unsere Reise von Unsicherheiten und Gefahren geprägt war, und unsere Priorität war es, die Sicherheit unserer Gruppe zu gewährleisten, während wir weiter in Richtung unseres Ziels voranschritten. Als wir die beängstigende Szene in der Stadt hinter uns ließen, setzte sich unsere Reise entlang der kurvenreichen Straße fort, die uns weiter von unserer vertrauten Umgebung entfernte und tiefer ins Unbekannte führte. Die Sonne hing wie eine feurige Wache am Himmel, ihre drückende Hitze eine ständige Erinnerung an das kataklystische Ereignis, das die Welt verändert hatte. Die Landschaft jenseits der Stadtgrenzen war nicht weniger trostlos.

Verlassene Bauernhöfe, deren Felder von Unkraut überwuchert waren, standen als Denkmäler für den plötzlichen und katastrophalen Wandel im Gleichgewicht der Welt. Die Zeichen menschlicher Zivilisation wurden allmählich vom unaufhaltsamen Vordringen der Natur ersetzt, als ob die Erde selbst zurückforderte, was ihr genommen worden war. Unsere Reise wurde von periodischen Stopps unterbrochen, von denen jeder ein Gefühl sowohl der Hoffnung als auch der Beklemmung mit sich brachte. In der Stadt Semei, unserem ersten geplanten Halt, suchten wir in den verlassenen Geschäften und Märkten nach Vorräten. Die Regale waren leergeräumt, und wir wurden von Enttäuschung erfüllt, als uns klar wurde, dass die Beschaffung von Vorräten eine ständige Herausforderung sein würde. Trotz der Knappheit an Ressourcen blieben wir entschlossen. Unsere Bindung als Gruppe wurde mit jedem Hindernis stärker, und unsere Entschlossenheit, Pavlodar zu erreichen und uns mit unserer Familie wiederzuvereinen, wankte nie. Die Stadt Ayagoz, unser nächster Halt, bot wenig Hinweise auf das Schicksal unserer Lieben.

Wir durchsuchten die Gegend nach Anzeichen oder Informationen, die uns zu meiner Mutter und meiner Großmutter führen könnten, aber die Stille der Stadt bot keine Antworten. Unsere Reise durch die sich verändernde Landschaft war von einem tiefen Gefühl der Isolation geprägt. Die Welt draußen war zu einer weiten, einsamen Einöde geworden, und unsere Gruppe war eine der wenigen verbliebenen Taschen der Menschlichkeit. Wir verließen uns aufeinander für Unterstützung und Gesellschaft, unsere gemeinsamen Erfahrungen schmiedeten eine Bindung, die über das Chaos der Welt hinausging. Während wir unsere Reise fortsetzten, veränderte sich die Landschaft erneut. Die ausgedehnten städtischen Zentren wichen offenen Wildnis gebieten, unterbrochen von gelegentlichen kleinen Dörfern. Diese Dörfer, obwohl ruhiger und weniger chaotisch als die Städte, waren dennoch von Zeichen von Verlassenheit und Trostlosigkeit geprägt. In einem solchen Dorf trafen wir auf eine Gruppe Überlebender, die sich zum gegenseitigen Beistand zusammengeschlossen hatte. Deren Geschichten waren ein Spiegelbild unserer eigenen - Familien auseinandergerissen, geliebte Menschen verloren, und ein unerbittlicher Kampf ums Überleben. Wir teilten die Informationen, die wir über den Ausbruch der Sonne und den Zustand der Welt hatten, und schufen so einen Funken Verbindung in einer Welt, die immer mehr auseinanderzufallen schien. Unsere Reise war noch lange nicht vorbei, und die Straße vor uns blieb unsicher. Aber mit jedem vergangenen Kilometer wurden wir entschlossener, Pavlodar zu erreichen, wo wir hofften, meine Mutter und meine Großmutter zu finden, und wo unsere Familie in dieser tiefgreifend veränderten Welt wieder vereint werden konnte. Die Ankunft in der kleinen Stadt Ekibastuz markierte das Ende einer anstrengenden Reise, die uns durch die sich ständig verändernde Landschaft dieser verwandelten Welt geführt hatte. Die Uhr im Armaturenbrett der alten Wolgas zeigte 5 Uhr morgens an, und die Erschöpfung lastete schwer auf uns nach dreizehn Stunden Fahrt. Anfangs schien Ekibastuz wie die anderen Städte, die wir durchquert hatten - ruhig und gespenstisch verlassen. Mit einem vorsichtigen Optimismus entschieden wir uns für eine kurze Pause, um unsere Beine zu vertreten und die Umgebung nach Anzeichen von Leben oder Vorräten zu erkunden.

Als wir uns in die Straßen der Stadt wagten, umgab uns die gespenstische Stille, die uns allzu vertraut geworden war. Verlassene Fahrzeuge säumten die Straßen, deren Besitzer längst geflohen oder verschwunden waren. Gebäude standen als stille Wächter da, mit zerschlagenen Fenstern und halb geöffneten Türen. Die Stille war so tiefgreifend, dass sie beinahe verstörend wirkte, und eine unausgesprochene Spannung lag in der Luft. Wir schritten vorsichtig voran, uns bewusst, dass in dieser neuen Welt Gefahr auf unerwartete Weise auftreten konnte. Amir, immer der Entdecker, hatte sich allein aufgemacht, um ein Gebäude zu erkunden, das einmal ein kleiner Tante-Emma-Laden gewesen zu sein schien. Er hoffte, noch verbliebene Vorräte zu finden, die uns auf unserer Reise erhalten könnten. Lana und ich schlenderten entlang einer ruhigen Wohnstraße, unsere Schritte hallten in der Stille wider. Die Sonne, eine unerbittliche Präsenz am Himmel, begann ihre ersten Strahlen auf die Stadt zu werfen und verlieh den verlassenen Gebäuden ein gespenstisches Leuchten. Plötzlich wurde die Ruhe durch ein kakophonisches Geräusch zerrissen, das durch die Straßen hallte.

Es war ein tiefes, grollendes Brüllen, das in der Stille widerhallte und uns einen Schauer über den Rücken jagte. Wir tauschten weit aufgerissene Blicke aus, unsere Herzen pochten, während wir versuchten, die Quelle des bedrohlichen Geräusches zu erkennen. Aus einer Ecke tauchte ein albtraumhaftes Bild auf – ein enormes Wesen, dessen Erscheinung wie etwas aus einem Science-Fiction-Alptraum wirkte. Es war eine mutierte Monstrosität, mit Schuppen, die wie Obsidian glänzten, und Augen, die mit einem unnatürlichen, bösartigen Licht brannten. Seine massiven Kiefer öffneten sich weit und gaben das furchterregende Brüllen von sich, der durch die Stille der Stadt hallte. Das Wesen war anders als alles, was wir je gesehen oder uns vorgestellt hatten. Es bewegte sich mit einer raubtierhaften Anmut, seine geklauten Gliedmaßen trieben es mit beunruhigender Geschwindigkeit vorwärts. Allein seine Anwesenheit verbreitete Terror, und uns wurde klar, dass unser Leben in unmittelbarer Gefahr war. In Panik liefen wir zurück zu der alten Wolga, unsere hektischen Schritte hallten durch die leeren Straßen. Amir, der sich in den Gemischtwarenladen gewagt hatte, kam gerade rechtzeitig heraus, um das monströse Wesen zu sehen, das uns verfolgte. Wir stapelten uns ins Auto, unsere Herzen schlugen vor Angst und Adrenalin. Olga, unsere zuverlässige Fahrerin, startete den Motor, und die alte Wolga erwachte zum Leben. Mit dem Ungeheuer dicht hinter uns trat sie das Gaspedal durch, und wir rasten von Ekibastuz davon, ließen die albtraumhafte Bedrohung hinter uns, die in seinen ruhigen Straßen gelauert hatte. Unsere Herzen rasten, als wir die Stadt hinter uns ließen, die Erinnerung an das monströse Wesen in unsere Köpfe gebrannt. Wir wussten, dass die Straße vor uns weitere Herausforderungen und Unsicherheiten bereithielt, aber wir waren entschlossen, voranzuschreiten, uns mit unserer Familie zu vereinen und diese tiefgreifend veränderte Welt gemeinsam zu navigieren. Nachdem unsere Gruppe in der Stadt Ekibastuz dem monströsen Wesen knapp entkommen war, waren wir in einem Zustand von Schock und Ungläubigkeit zurückgeblieben. Wir hatten uns in der alten Wolga zusammengedrängt, die Herzen schlugen immer noch schnell, als wir uns von dem Albtraum entfernten, dem wir begegnet waren.

Als die ruhigen Straßen der Stadt im Rückspiegel verschwanden, begann die Schwere dessen, was wir gerade erlebt hatten, einzusickern. Wir konnten nicht anders, als über die Natur des Wesens nachzudenken, das uns mit solcher Bosheit verfolgt hatte, die mutierte Bestie. Amir, immer die Stimme der Vernunft, war der erste, der die Stille durchbrach, die über uns wie ein Schleier lag. Seine Stimme zitterte vor einer Mischung aus Furcht und Neugier, als er sprach. "Was... was war das für ein Ding? Ich habe noch nie so etwas gesehen." Lana, die sich während unserer hektischen Flucht an mich geklammert hatte, nickte zustimmend. Ihre Augen waren weit aufgerissen, und ihre Stimme war voller Ehrfurcht und Schrecken. "Es war wie etwas aus einem Albtraum. Ich kann nicht glauben, dass wir so etwas gesehen haben." Olga, mit ruhigen Händen am Lenkrad, während sie die kurvenreiche Straße navigierte, meldete sich zu Wort. "Ich weiß nicht, was es war, aber wir haben Glück, am Leben zu sein. Was auch immer es ist, wir müssen so weit wie möglich davon wegbleiben." Ira, die während des Vorfalls still gewesen war, fand endlich ihre Stimme. "Glaubt ihr, es gibt noch mehr von diesen... Dingern da draußen? Was, wenn sie überall sind?"

Die Fragen hingen unbeantwortet und beunruhigend in der Luft. Wir hatten keine Möglichkeit zu wissen, was die wahre Natur des Wesens war oder ob es andere wie es gab. Die Welt draußen war zu einem Ort von Mysterien und Gefahren geworden, die über unser Verständnis hinausgingen. Während wir weiterfuhren, wich das Gefühl des Schocks allmählich der Erleichterung. Wir waren mit unserem Leben davongekommen, und das war etwas, wofür wir dankbar sein konnten. Wir waren eine Gruppe von Freunden und Geschwistern, die gemeinsam ins Unbekannte blickten, und in unserer gemeinsamen Verletzlichkeit und Angst hatten wir eine Verbindung gefunden, die über das Chaos der Welt draußen hinausging. Amir brach die Spannung mit einem kleinen Lächeln. "Nun, eins steht fest, wir bilden ein ziemlich gutes Team. Wir haben einander den Rücken gestärkt." Lana nickte, ihr Ausdruck wurde weicher. "Ja, das tun wir. Und wir werden das gemeinsam durchstehen." Olga, immer die Beschützerin unserer Gruppe, sprach mit Entschlossenheit. "Unsere Priorität ist es, sicher zu bleiben und deine Mutter und Großmutter zu finden.

Wir werden uns allen Herausforderungen stellen, genauso wie wir es dort getan haben." Ira, deren Angst langsam nachließ, fügte ihre eigenen Worte der Beruhigung hinzu. "Gemeinsam sind wir stärker. Wir werden herausfinden, was in dieser Welt vor sich geht, und wir werden unsere Familie finden." Während wir weiter von Ekibastuz entfernt fuhren, begann die Erinnerung an das monströse Wesen in den Hintergrund zu treten. Was blieb, war ein tiefes Gefühl von Einheit und Entschlossenheit. Wir hatten gemeinsam eine furchterregende Unbekannte durchstanden und waren mit unserer Bindung intakt daraus hervorgegangen, bereit, allen Herausforderungen in dieser grundlegend veränderten Welt entgegenzutreten. Das rhythmische Summen des alten Wolgas füllte den Innenraum des Autos, während der gleichmäßige Klang der Straße weiterging. Im Inneren des Autos hatte meine Schwester Ira den Beifahrersitz für sich beansprucht, ihre Augen in friedlichem Schlaf geschlossen. Amir hatte auf der anderen Seite eingenickt, sein Kopf lehnte sanft gegen das Fenster, verloren in Träumen von einer Welt, die einmal war.

Im Rücksitz ruhte Lana in meinem Schoß, ihr Kopf an meine Schulter geschmiegt, während wir in einer engen, schützenden Umarmung saßen. Sie war eingeschlafen, ihr Atem ruhig und gleichmäßig, fand Trost in der Wärme unserer geteilten Nähe. Nur Olga und ich blieben im stillen Kokon des Autos wach. Der sanfte Schein des Armaturenbretts beleuchtete unsere Gesichter in gedämpften Schattierungen von Orange und warf ein sanftes, ätherisches Licht auf unsere müden Gesichter. Ich schaute Olga an, ihre Augen konzentriert auf die Straße gerichtet, ihre Hände ruhig am Lenkrad. Sie war unsere unbeirrbare Beschützerin auf dieser Reise, die uns durch die aufgetauchten Herausforderungen und Gefahren führte. Ich lehnte mich näher an sie heran, meine Stimme ein Flüstern in der Stille des Autos. "Olga, fragst du dich manchmal, was aus dieser Welt geworden ist? Was all das verursacht hat?" Olgas Blick traf kurz den meinen, ihre Augen spiegelten eine Mischung aus Erschöpfung und Entschlossenheit wider. "Die ganze Zeit, Nikolai. Aber im Moment ist unsere Priorität, deine Mutter und Babushka zu finden. Wenn wir wieder alle zusammen sind, werden wir vielleicht anfangen, das alles zu begreifen"

Ich nickte zustimmend, die Last unserer Mission schwer auf meinen Schultern. Wir teilten ein stilles Verständnis für die beängstigende Reise, die vor uns lag, und die Ungewissheit, die uns erwartete. Während die Meilen unter den Reifen des alten Wolgas verstrichen, schwiegen Olga und ich in einer angenehmen Stille. Wir wussten, dass die Straße vor uns von Herausforderungen geprägt sein würde, aber in der Dunkelheit der Nacht, unter dem weiten Sternenhimmel, fanden wir Trost in der Anwesenheit des anderen, bereit, allem zu begegnen, was in dieser veränderten Welt auf uns wartete. Die Meilen waren in einem kontinuierlichen Strom von Asphalt und Unsicherheit verflogen, und während das alte Wolga weiter die Entfernung verschlang, lag eine Vorfreude in der Luft. Die Welt außerhalb des Autos blieb in Dunkelheit gehüllt, nur das schwächste Anzeichen von Morgendämmerung am Horizont. Olga und ich waren die einzigen, die wach waren, unsere stille Wache über die Straße wurde schließlich durch einen Anblick unterbrochen, der uns eine Mischung aus Hoffnung und Beklommenheit bescherte – ein Straßenschild mit der Aufschrift "55 km - Pawlodar".

Ich wandte mich an Olga, meine Stimme leise, aber voller Aufregung. "Olga, schau, es ist ein Schild für Pawlodar. Wir kommen näher." Ihre Augen, die auf die Straße gerichtet waren, richteten sich auf das Schild, und ein kleines Lächeln berührte ihre Lippen. "Das stimmt, Nikolai. Wir machen Fortschritte." Das sanfte Brummen des Autos schien in der Folge unserer Entdeckung lauter zu werden, und ich spürte, wie die Vorfreude in mir aufstieg. Pavlodar war das Ziel, auf das wir hingearbeitet hatten, der Ort, an dem wir hofften, meine Mutter und Großmutter zu finden, und die Aussicht auf das Wiedersehen erfüllte mich mit einer Mischung aus Freude und Angst. Als würden sie die Veränderung in unserer Stimmung spüren, begann der Rest unserer Gruppe sich zu regen. Lana, die in meinem Schoß genestelt hatte, bewegte sich leicht und öffnete die Augen. Amir und Ira, geweckt durch die subtile Veränderung in der Atmosphäre, begannen im Rücksitz aus ihrem Schlummer zu erwachen. Lana streckte sich und gähnte, ihre Augen blinzelten im gedämpften Licht. "Was ist los?" fragte sie, ihre Stimme von verschlafener Neugier erfüllt. Amir rieb sich die Augen und mischte sich ein. "Ja, warum haben wir angehalten?"

Ira, noch benommen vom Schlaf, setzte sich auf und schaute sich um. "Sind wir da?" Ich wandte mich an Olga und nickte. "Wir sind noch nicht da, aber wir kommen näher. Schau auf das Schild – es steht, dass wir nur noch 55 Kilometer von Pawlodar entfernt sind." Die Nachricht schien eine elektrisierende Wirkung auf unsere kleine Gruppe zu haben. Aufregung durchzog unsere improvisierte Familie, und die Müdigkeit, die sich während unserer langen Reise über uns gelegt hatte, begann sich zu lichten. Amir lehnte sich vor, um durch die Windschutzscheibe auf das Schild zu schauen. "Das ist nicht mehr weit. Wir werden bald da sein." Lana, mit vor Aufregung weiten Augen, lächelte hoffnungsvoll. "Ich kann es kaum erwarten, deine Mutter und Oma zu sehen, Nikolai." Ira, deren Erschöpfung einer erneuten Zielstrebigkeit wich, nickte zustimmend. "Ja, es ist schon so lange her." Olga, immer die pragmatische, erinnerte uns an die bevorstehende Strecke. "Lasst uns nicht zu voreilig sein. Wir haben noch einige Kilometer vor uns, und wir wissen nicht, was uns erwartet, wenn wir dort ankommen."

Während das Auto seine Reise nach Pavlodar fortsetzte, verlagerte sich unser Gespräch darauf, was uns in der Stadt erwarten könnte. Das Unbekannte schwebte groß in unseren Gedanken, aber die Aussicht auf das Wiedersehen mit der Familie trieb uns vorwärts und erfüllte uns mit Entschlossenheit. Mit jedem zurückgelegten Kilometer wurde das Gefühl der Vorfreude stärker, und der Horizont von Pavlodar rückte näher. Wir wussten, dass unsere Reise noch lange nicht vorbei war, aber in diesem Moment, als die alte Wolga uns immer näher an unser Ziel brachte, trieb uns die Möglichkeit der Wiedervereinigung und die Hoffnung auf eine bessere Zukunft durch die verdunkelte Weite dieser grundlegend veränderten Welt voran. Während die alte Wolga weiterhin die Kilometer auf dem Weg nach Pavlodar zurücklegte, begannen die Außenbezirke der Stadt den dichter besiedelten Gebieten Platz zu machen. Das Licht der Morgendämmerung hatte zugenommen und warf einen blassen Schein über die Landschaft, und wir konnten die Silhouette der Stadt am Horizont erkennen. Pavlodar, eine Stadt, die einst im Herzen Kasachstans blühte, erschien jetzt vor uns wie ein Schatten ihr früheres Selbst. Die Gebäude der Stadt, einst lebendig und belebt, standen nun als stille und hohle Erinnerungen an eine Welt, die für immer verändert worden war. Die Straßen, die einst mit dem Klang des Verkehrs und dem Trubel des täglichen Lebens erfüllt waren, waren gespenstisch still. Verlassene Autos säumten die Straßen, deren Besitzer längst verschwunden oder geflohen waren. Geschäftsfassaden, die einst Waren und Dienstleistungen zeigten, standen nun vernagelt und verlassen da. Als wir uns dem Zentrum der Stadt näherten, fuhren wir an einem Park vorbei, der einst ein Zentrum der Aktivität gewesen war, mit spielenden Kindern und picknickenden Familien. Jetzt lag er in einem Zustand des Verfalls, überwuchert von Unkraut, seine Spielgeräte rostig und ungenutzt. Das Herz von Pavlodar, wo die administrativen und kommerziellen Gebäude der Stadt standen, schien nicht besser abgeschnitten zu haben. Die einst prächtigen Strukturen zeigten nun Anzeichen von Vernachlässigung, mit zersplitterten Fenstern und Graffiti, die ihre Fassaden zierten. Trotz der Trostlosigkeit, die uns umgab, brannte in mir ein Funken Hoffnung.

Ich wusste, dass irgendwo in dieser Stadt meine Mutter und Großmutter noch am Leben sein könnten, auf unsere Wiedervereinigung wartend. Olgas Stimme durchbrach die Stille im Auto, als sie sprach, ihr Ton von einer Mischung aus Traurigkeit und Entschlossenheit geprägt. "Das ist nicht die Stadt, an die ich mich erinnere, aber es ist immer noch Pavlodar. Wir müssen vorsichtig sein, während wir nach deiner Familie suchen." Ich nickte zustimmend, meine Augen durchsuchten die Straßen nach Anzeichen von Leben oder Bewegung. "Du hast recht, Olga. Wir wissen nicht, was wir hier finden werden, aber wir müssen es versuchen." Amir, Lana und Ira, die schweigend aus den Fenstern des Autos geschaut hatten, tauschten Blicke voller Unsicherheit aus. Der Anblick des verfallenen Zustands der Stadt lastete schwer auf uns allen, eine deutliche Erinnerung an die Welt, die wir jetzt bewohnten. Als wir weiter in Pavlodar vordrangen, wurde die Stille der Stadt noch tiefer, und die Unsicherheit darüber, was uns erwartete, stand groß in unseren Gedanken. Aber wir waren eine Gruppe von Freunden und Geschwistern, verbunden durch unsere gemeinsame Entschlossenheit und Hoffnung.

Mit jedem verstrichenen Kilometer kamen wir der Möglichkeit der Wiedervereinigung und den Antworten näher, die in den ruhigen, verfallenden Straßen dieser Stadt verborgen sein könnten. Once we were satisfied with our makeshift camouflage, we stepped back to assess our work. The car was hidden well enough that it would hopefully go unnoticed by anyone passing by. The only things we had taken with us were the essentials—food, water, blankets, and a few makeshift weapons for protection. Our group huddled together, ready to embark on the next phase of our journey. The weight of our mission hung heavy in the air as we looked at the car one last time, a symbol of the life we had left behind. But in this new world, survival, and the hope of reuniting with family took precedence over everything else. With determination in our hearts, we set out on foot into the heart of Pavlodar, the city that held the key to our reunion and the answers to the mysteries of this changed world. Each step we took was a testament to our resilience, our bond, and our shared determination to face whatever challenges lay ahead.

As we walked through the quiet, desolate streets of Pavlodar, our small group maintained a sense of cautious optimism. The city, though changed and eerily silent, still held the promise of reunion with my family. Nachdem wir mit unserer improvisierten Tarnung zufrieden waren, traten wir zurück, um unsere Arbeit zu beurteilen. Das Auto war gut genug versteckt, dass es hoffentlich von jedem, der vorbeikam, unbemerkt blieb. Das Einzige, was wir mitgenommen hatten, waren das Notwendigste – Essen, Wasser, Decken und einige improvisierte Waffen zur Selbstverteidigung. Unsere Gruppe versammelte sich, bereit, die nächste Phase unserer Reise anzutreten. Die Last unserer Mission hing schwer in der Luft, als wir das Auto ein letztes Mal betrachteten, ein Symbol für das Leben, das wir hinter uns gelassen hatten. Aber in dieser neuen Welt hatten Überleben und die Hoffnung auf Wiedersehen mit der Familie Vorrang vor allem anderen. Mit Entschlossenheit in unseren Herzen machten wir uns zu Fuß auf den Weg ins Herz von Pavlodar, die Stadt, die den Schlüssel zu unserem Wiedersehen und die Antworten auf die Geheimnisse dieser veränderten Welt birgt.

Jeder Schritt, den wir machten, war ein Zeugnis unserer Widerstandsfähigkeit, unserer Bindung und unserer gemeinsamen Entschlossenheit, allem zu begegnen, was uns bevorstand. Während wir durch die ruhigen, verlassenen Straßen von Pavlodar gingen, bewahrte unsere kleine Gruppe eine Art vorsichtigen Optimismus. Die Stadt, obwohl verändert und gespenstisch still, versprach immer noch die Wiedervereinigung mit unserer Familie. Lana war es schließlich, die das Thema ansprach, das allen in unseren Gedanken lag. Sie schaute Olga an, ihr Ausdruck eine Mischung aus Hoffnung und Unsicherheit. "Olga, erinnerst du dich, wo Tante Nadja wohnt? Es ist schon eine Weile her, seit wir sie besucht haben." Olga hielt einen Moment inne, ihre Stirn in Falten gelegt, während sie versuchte, sich an die Details von Tante Nadjas Wohnort zu erinnern. "Es sind ein paar Jahre vergangen", begann sie langsam. "Aber ich glaube, ich erinnere mich an die allgemeine Gegend. Sie lebte in einem bescheidenen Apartmentgebäude nicht allzu weit vom Stadtzentrum entfernt. Wir werden uns auf mein Gedächtnis verlassen müssen, um dorthin zu gelangen." Amir mischte sich ein, seine Stimme spiegelte die Dringlichkeit unserer Situation wider.

"Wir haben nicht viel Zeit oder Ressourcen zu verschwenden. Wenn wir Tante Nadjas Platz schnell finden können, wird das eine enorme Erleichterung sein." Ich stimmte zu, wissend, dass jede Minute zählte. "Vertrauen wir auf Olgas Gedächtnis und folgen wir ihrer Führung. Mit Glück werden wir Tante Nadjas Platz erreichen und einige Antworten finden." Ira, die bisher still gewesen war, meldete sich mit einem Hauch von Besorgnis in ihrer Stimme zu Wort. "Was ist, wenn sie nicht da ist? Was ist, wenn sie die Stadt verlassen hat wie so viele andere?" Olga beruhigte sie und legte tröstend eine Hand auf Iras Schulter. "Wir werden das Angehen, wenn es so weit ist. Im Moment müssen wir fokussiert bleiben und weitermachen." Mit unserem klaren Ziel und Zweck im Kopf setzten wir unseren Weg durch die Stadt fort, folgten Olgas Gedächtnis als unseren Leitfaden. Der Weg vor uns war unsicher, aber die Hoffnung, meine Mutter und meine Großmutter wiederzusehen, trieb uns weiter, Schritt für Schritt. Unsere Reise durch die stillen Straßen von Pavlodar dauerte an, während wir Olgas Gedächtnis zum Apartmentgebäude folgten, in dem Tante Nadja lebte. Die einst vertrauten Wahrzeichen der Stadt wirkten gespenstisch verlassen, und die Straßen schienen endlos vor uns zu liegen. Der kalte, bedeckte Himmel oben schien die Unsicherheit zu spiegeln, die über unserer Mission lag. Jeder Schritt brachte uns näher an das Apartmentgebäude heran, und mein Herz raste vor einer Mischung aus Hoffnung und Besorgnis. Als wir am Gebäude ankamen, zeigte die Fassade Anzeichen von Vernachlässigung, mit Rissen im Beton und verblasster Farbe. Die Briefkästen, die sich in der Nähe des Eingangs befanden, trugen die Namen der Bewohner des Gebäudes. Unsere kollektiven Atemzüge hielten an, als wir die Namen überflogen und nach dem vertrauten „Nadja ...“, oder, „Nadeshda Aronovna Klassen" suchten. Endlich weiteten sich Olgas Augen vor Erkennung, als sie auf einen Namen an einem der Briefkästen zeigte. "Da ist es", flüsterte sie, ihre Stimme kaum hörbar. "Nadja Aronovna Klassen." Unsere Herzen hoben sich mit neuer Hoffnung. Wir hatten unser Ziel erreicht, und die Aussicht, meine Mutter und meine Großmutter zu finden, fühlte sich greifbarer an denn je. Allerdings lag der Aufzug, wie so viele andere moderne Annehmlichkeiten, im Ruhezustand. Wir seufzten einstimmig und erkannten, dass wir keine andere Wahl hatten, als die Treppe zu nehmen. Das Gebäude hatte schon bessere Tage gesehen, und das Treppenhaus war schwach beleuchtet, mit flackernden Deckenleuchten, die das Gefühl der Unruhe verstärkten. Stufe um Stufe stiegen wir die Treppen hinauf, das Knarren alten Holzes und das entfernte Geräusch unserer eigenen Atemzüge bildeten die einzige Geräuschkulisse unserer Reise. Die Vorfreude lastete schwer auf uns, als wir die Etage erreichten, auf der sich Tante Nadjas Wohnung befand. Vor der Tür mit ihrem Namen nahm ich tief Luft, um meine Nerven zu beruhigen. Ich klopfte, der Klang hallte durch den Flur, aber es gab keine sofortige Reaktion von drinnen. Wir tauschten besorgte Blicke aus, während die Tragweite des Moments zu uns durchdrang. Nach allem, was wir durchgemacht hatten, war dies der Höhepunkt unserer Reise – ein einfaches Klopfen an einer Tür, dass die Möglichkeit der Wiedervereinigung oder des Herzschmerzes barg. Ich klopfte noch einmal, dieses Mal fester, und wir warteten in angespannter Erwartung, auf eine Reaktion von drinnen hoffend.

Gemeinsames Ende

Als wir vor der Tür standen, klopfte unsere Herzen vor Erwartung, als eine Stimme hinter der Tür die Stille durchbrach. Es war eine Stimme, die einen Hauch von Vorsicht hatte, aber in ihrem Ton lag auch ein Funke Hoffnung. "Wer ist da?" rief die Stimme. Mein Hals fühlte sich trocken an, als ich antwortete, meine Stimme zitterte vor Erleichterung und Angst. "Es ist Nikolai... und Familie. Wir sind einen langen Weg gekommen." Es folgte eine kurze Pause, während der ich den Atem anhielt und auf eine Antwort wartete. Die Sekunden fühlten sich an wie eine Ewigkeit, und dann hörten wir das Geräusch mehrerer Schlösser, gefolgt vom Knarren der Tür, als sie langsam aufschwang. Vor uns stand eine Frau, die Mitte fünfzig zu sein schien, ihre Augen weit vor Überraschung und Ungläubigkeit. Sie hatte grau werdendes Haar und trug ein abgenutztes, abgetragenes Kleid. Doch was mich am meisten traf, war die Vertrautheit in ihren Gesichtszügen – sie ähnelte meiner Mutter auf frappierende Weise. Die Augen der Frau füllten sich mit Tränen, als sie sprach, ihre Stimme bebte vor

Emotion. "Nikolai... bist du das wirklich?" Tränen füllten auch meine Augen, als ich nickte und meine Stimme nicht finden konnte. "Ja, Tante Nadja, ich bin es. Wir haben nach dir gesucht." Tante Nadjas Blick wanderte zu den anderen hinter mir, sie nahm Amir, Lana, Ira und Olga in sich auf. Sie trat zurück, öffnete die Tür weiter, eine Mischung aus Freude und Ungläubigkeit lag auf ihrem Gesicht. "Kommt alle herein", sagte sie, ihre Stimme voller Wärme. "Ich kann nicht glauben, dass ihr hier seid." Wir betraten Tante Nadjas Wohnung, einen kleinen und bescheidenen Raum, der sich wie eine Oase inmitten des Chaos der Außenwelt anfühlte. Der Raum war schwach beleuchtet, die Möbel waren einfach, aber es lag ein Gefühl von zuhause um uns herum. Als wir uns im Wohnzimmer versammelten, umarmte uns Tante Nadja nacheinander, Tränen der Erleichterung und des Glücks liefen über ihre Wangen. Sie sah mich mit mütterlicher Liebe an und sprach leise: "Deine Mutter und Großmutter... sie sind hier. Sie sind sicher." Die Last, die so lange auf meiner Brust gelastet hatte, hob sich, und ich fühlte eine überwältigende Dankbarkeit.

Wir hatten in dieser veränderten Welt Familie gefunden, und die Hoffnung, meine Mutter und Großmutter wiederzusehen, fühlte sich jetzt realer an als je zuvor. Amir und Lana stellten sich Tante Nadja vor, und sie begrüßte jeden von ihnen mit einer herzlichen Umarmung. Wir versammelten uns um den kleinen Tisch, und Tante Nadja bot uns an, was sie hatte – ein paar Snacks und eine Kanne Tee. Die einfache Geste, zusammen eine Mahlzeit zu teilen, fühlte sich an wie eine Feier unserer Wiedervereinigung. Während wir dort saßen, teilte Tante Nadja ihre eigene Geschichte des Überlebens inmitten der zerstörerischen Wut der Sonne. Sie hatte in Pawlodar gelebt, als die EMP einschlug, und wie viele andere hatte sie anfangs Schwierigkeiten gehabt, den Verlust der modernen Technologie und das Chaos, das folgte, zu verkraften. Aber sie hatte sich angepasst und sich auf das Wissen aus den Traditionen unserer Familie verlassen. "Wir haben Glück gehabt", sagte Tante Nadja, ihre Augen erfüllt von Dankbarkeit. "Wir haben einander, und es ist uns gelungen, einen Weg zu finden, zu überleben. Deine Mutter und Großmutter waren eine große Hilfe."

Ich konnte nicht umhin, die Frage zu stellen, die seit unserer Ankunft in meinem Kopf gebrannt hatte. "Wo sind sie, Tante Nadja? Können wir sie sehen?" Tante Nadja lächelte, ihre Augen funkelten vor Zuneigung. "Natürlich, Nikolai. Sie sind im Raum nebenan." Mit angehaltenem Atem und einer Mischung aus Emotionen folgten wir Tante Nadja in den angrenzenden Raum. Dort saßen meine Mutter und meine Großmutter zusammen auf einem abgenutzten, aber bequemen Sofa. Meine Mutter, ihr Gesicht von Sorge und Erleichterung gezeichnet, eilte auf mich zu und umarmte mich fest. Tränen strömten über ihr Gesicht, während sie mich festhielt, und ich konnte spüren, wie sie vor Emotionen zitterte. "Nikolai, mein lieber Junge", flüsterte sie, ihre Stimme vor Tränen erstickt. "Du bist hier. Du bist sicher." Ich hielt sie fest, unfähig, Worte zu finden, um die überwältigende Freude über die Wiedervereinigung mit meiner Mutter auszudrücken. Sie roch nach dem vertrauten Duft, der mich durch meine Kindheit getröstet hatte, und es fühlte sich an, als wäre ich nach Hause gekommen. Meine Großmutter, ihre Augen erfüllt von einer stillen Weisheit, sah mich an und lächelte.

Ihre Anwesenheit strahlte eine Stärke und Widerstandsfähigkeit aus, die unsere Familie durch die Jahrhunderte getragen hatte. Sie reichte mir die Hand, und ich ergriff sie, ein Gefühl der Verbundenheit, das über Worte hinausging. Amir, Lana, Ira und Olga begrüßten meine Mutter und Großmutter mit gleicher Wärme und Erleichterung. Der Raum war erfüllt von Gelächter und Tränen, einer Symphonie von Emotionen, die unsere lang erschnte Wiedervereinigung feierten. In diesem Moment, umgeben von der Liebe von Familie und Freunden, wusste ich, dass wir, ungeachtet der Herausforderungen, die in dieser veränderten Welt noch auf uns zukommen würden, den kostbarsten Schatz von allen gefunden hatten – einander. Als wir in Tante Nadjas kleiner Wohnung saßen, spürte ich eine tiefe Verbindung zu meiner Mutter und meiner Großmutter, sowie zu Amir, Lana, Ira und Olga. Es war ein Moment der Wiedervereinigung und Besinnung, und ich wusste, es war Zeit, unsere Reise und die düstere Realität, der wir gegenüberstanden, zu teilen. Tief durchatmend wandte ich mich meiner Mutter und meiner Großmutter zu. "Mama, Babushka, es gibt so viel, dass wir euch erzählen müssen.

Die Welt, wie wir sie kannten, hat sich verändert, und es ist nicht zum Besseren." Meine Mutter, mit besorgten Augen, nickte, dass ich weitermachen solle. Ich erzählte unsere Reise, angefangen vom Tag des EMP, als unsere Welt ins Chaos gestürzt wurde. Ich sprach von der bedrohlichen Veränderung der Sonne, dem Zusammenbruch der modernen Gesellschaft und den Herausforderungen, denen wir auf dem Weg nach Pawlodar begegnet waren. Meine Mutter und meine Großmutter hörten aufmerksam zu, ihre Gesichter spiegelten eine Mischung aus Schock und Unglauben wider. Als ich den Teil erreichte, in dem ich die düstere Erkenntnis teilte, dass die Ausdehnung der Sonne das Ende unserer Welt bedeuten würde, unterbrach mich meine Großmutter. "Auch unter diesen schwierigen Umständen sollten wir morgen deinen Geburtstag feiern. Es ist ein Zeugnis der Liebe und Widerstandsfähigkeit unserer Familie." Tränen stiegen in meinen Augen auf, als ich meine Großmutter ansah, berührt von ihrem unerschütterlichen Geist. "Babushka, alles, was ich mir zu meinem Geburtstag gewünscht habe, war, dich und Mama wiederzusehen."

Meine Mutter legte eine Hand auf meine Schulter, ihre Stimme voller Liebe und Zuversicht. "Nikolai, du hast uns das größte Geschenk gemacht, indem du uns in dieser veränderten Welt gefunden hast. Morgen werden wir nicht nur deinen Geburtstag feiern, sondern auch die beständige Bindung unserer Familie." Es war ein bewegender Moment, eine Erinnerung daran, dass selbst angesichts des Unvermeidlichen die Liebe und Einheit unserer Familie unerschütterlich blieben. In diesem kleinen, schwach beleuchteten Raum fanden wir Trost in der Anwesenheit des anderen, schätzten die Momente, die wir hatten, und die Liebe, die uns einmal mehr zusammengeführt hatte. Der Tag entfaltete sich mit einer bittersüßen Mischung von Emotionen, während wir uns darauf vorbereiteten, meinen Geburtstag inmitten unserer unsicheren Realität zu feiern. Tante Nadja, meine Mutter und meine Großmutter arbeiteten zusammen, um eine einfache, aber herzliche Mahlzeit zuzubereiten, während Amir, Lana, Ira, Olga und ich Geschichten teilten und lachten. Als wir uns um den kleinen Esstisch versammelten, erfüllte der Raum sich mit Wärme und Kameradschaft.

Die Mahlzeit bestand aus einem einfachen Gericht welche Oma immer dann zubereitete, wenn sie erst sehr spät nachhause kam, das mit Liebe zubereitet wurde, und wir genossen jeden Bissen, als wäre es ein Hauch von Normalität in einer Welt, die auf den Kopf gestellt worden war. Das Gespräch floss frei, und wir sprachen über die Vergangenheit, unsere Hoffnungen für die Zukunft und die Bande, die uns zusammengeführt hatten. Meine Mutter und Großmutter teilten Geschichten von ihren Erfahrungen in den frühen Tagen des EMP, gaben Einblicke, wie sie es geschafft hatten, sich anzupassen und zu überleben. Ira, die immer dafür gesorgt hatte, die Stimmung aufzulockern, machte Witze, die uns alle zum Lachen brachten und nur für einen Moment die Schwere in der Luft vertreiben ließen. Lanas Anwesenheit brachte Trost, und Amirs unerschütterliche Unterstützung war für uns alle eine Quelle der Stärke. Inmitten des Gelächters und der Kameradschaft gab es auch eine Traurigkeit. Wir waren uns schmerzlich bewusst, dass uns das unvermeidliche Schicksal erwartete, während die Sonne ihre bedrohliche Transformation fortsetzte.

Die Welt draußen blieb in Unsicherheit gehüllt, und unsere Zukunft war von unbeantworteten Fragen erfüllt. Nach unserem Mahl versammelten wir uns im Wohnzimmer, wo Tante Nadja einen improvisierten Geburtstagskuchen aus einfachen Zutaten vorbereitet hatte. Als ich die Kerzen ausblies, formulierte ich still einen Wunsch, nicht für mich selbst, sondern für die Sicherheit und das Wohlergehen meiner neu gefundenen Familie und die Liebe, die uns zusammengeführt hatte. Während des Tages teilten meine Mutter und Großmutter ihre Weisheit und praktischen Kenntnisse zum Überleben in einer Welt ohne moderne Technologie. Sie lehrten uns wertvolle Fähigkeiten, die in den kommenden Tagen unerlässlich sein würden, wie das Konservieren von Lebensmitteln, das Finden von sauberen Wasserquellen und das Navigieren durch den sich verändernden Klimawandel. Als der Tag zu Ende ging, versammelten wir uns im Kreis, hielten Händchen, und meine Mutter führte uns in einem herzlichen Gebet des Dankes. Es war ein Moment der Reflexion und Einheit, eine Erinnerung daran, dass selbst angesichts von Widrigkeiten die Liebe und Widerstandsfähigkeit unserer Familie uns voranbringen würden.

Im schwach beleuchteten Wohnzimmer von Tante Nadjas Wohnung in Pawlodar versammelten wir uns im Kreis, unsere Hände verbunden in einer Einheit von Unterstützung. Der sanfte Schein einer einzelnen Kerze beleuchtete unsere Gesichter und warf flackernde Schatten an die Wände. Es war ein feierlicher Moment, eine Pause inmitten unserer unsicheren Reise, um unseren Dank auszudrücken und Trost angesichts einer ungewissen Zukunft zu suchen. Meine Mutter führte uns mit einer Stimme, die von einer tiefen Ehrfurcht und Aufrichtigkeit erfüllt war, in einem herzlichen Gebet. Ihre Worte trugen das Gewicht unserer gemeinsamen Hoffnungen und Ängste und hallten im stillen Raum wider, drangen tief in unsere Seelen vor. "Wir kommen zusammen, lieber Schöpfer", begann sie, ihre Stimme ruhig und unerschütterlich, "um dir zu danken für das Geschenk der Gegenseitigkeit in dieser herausfordernden Zeit. Wir danken dir für die Liebe, die uns als Familie und Freunde verbindet, und für die Stärke, die uns durch die Prüfungen dieser neuen Welt getragen hat." Sie fuhr fort, ihre Worte flossen wie ein sanfter Strom, "Wir bitten um deine Führung und Schutz, für die Wege, die vor uns stehen. Gewähre uns die Weisheit, die richtigen Entscheidungen zu treffen, den Mut, dem Unbekannten zu begegnen, und die Mitgefühlsfähigkeit, einander in Zeiten wie diesen zu unterstützen." Das Gebet meiner Mutter war ein Spiegel unserer gemeinsamen Hoffnungen und Ängste, ein Flehen um Führung und Stärke angesichts der drohenden Katastrophe. Es erinnerte daran, dass selbst in den dunkelsten Zeiten ein Funken Licht, eine Quelle der Hoffnung, vorhanden war, an der wir uns festhalten konnten. Als das Gebet endete, senkten wir unsere Köpfe in stiller Besinnung, jeder von uns fand auf seine Weise Trost. Die flackernde Kerze setzte ihre warme Glut auf uns fort, ein Symbol für den beständigen Geist der Menschlichkeit angesichts von Widrigkeiten. In diesem Moment der Einheit und des Gebets fanden wir Trost und Zuversicht, im Wissen, dass wir in unserer Reise nicht allein waren und dass unsere Bande der Liebe und Widerstandsfähigkeit uns Schritt für Schritt vorantragen würden. Nach dem herzlichen Gebet, das uns in diesem schwach beleuchteten Wohnzimmer näher zusammengebracht hatte, verharrten wir in einem Moment geteilter Stille.

Die flackernde Kerze auf dem kleinen Tisch vor uns schien mit dem Gewicht unserer Gedanken und Emotionen zu tanzen. Meine Mutter, deren Augen von einer Mischung aus Dankbarkeit und Besorgnis erfüllt waren, sprach leise und durchbrach die Stille. "Wir haben vielleicht nicht alle Antworten, aber solange wir einander haben, haben wir Hoffnung. Angesichts des Unbekannten ist unsere größte Stärke unsere Einheit." Ihre Worte hallten in uns allen wider, eine Erinnerung daran, dass unsere Familie, geschmiedet durch Liebe und gemeinsame Erfahrungen, eine Quelle des Trostes in diesen tumultartigen Zeiten war. Amir, Lana, Ira, Olga und ich tauschten Blicke aus und verstanden, dass unsere Reise uns nicht nur zueinander geführt hatte, sondern auch zur tiefgreifenden Erkenntnis, dass unsere Bindungen die kostbarsten Schätze waren, die wir besaßen. Mit fortschreitendem Abend und dem anhaltenden Schein der Kerze im Raum begannen wir uns auf die Nacht vorzubereiten. Tante Nadja, meine Mutter und meine Großmutter boten an, ihre Schlafplätze mit uns zu teilen, um sicherzustellen, dass wir bequem ruhen konnten.

Ira, immer schnell in der Anpassung und bei der Suche nach Lösungen, übernahm die Aufgabe, Decken und improvisierte Bettwäsche zu finden. Amir und Lana halfen dabei, die Möbel umzustellen, um Schlafbereiche zu schaffen, während Olga und ich dabei halfen, es für alle so angenehm wie möglich zu gestalten. Mit jeder kleinen Geste der Freundlichkeit und Zusammenarbeit wurde deutlich, dass unsere gemeinsame Reise uns nicht nur zusammengeführt hatte, sondern auch die Bindungen des Vertrauens und der Freundschaft unter uns gestärkt hatte. Wir waren nicht mehr nur eine Gruppe von Einzelpersonen, die versuchten zu überleben; wir waren eine Familie, vereint durch einen gemeinsamen Zweck und eine unerschütterliche Verpflichtung zueinander. Als wir uns in unsere improvisierten Schlafplätze einrichteten, erfüllte der Raum sich mit den leisen Geräuschen unseres Atmens und der tröstenden Präsenz des anderen. Das Gewicht der Welt draußen schien sich vorübergehend zu heben, ersetzt durch ein Gefühl von Sicherheit und Zugehörigkeit, dass nur unsere Familie bieten konnte.

Inmitten des Unbekannten hatten wir einen Zufluchtsort der Liebe und Unterstützung gefunden, und es war in der Wärme dieser Verbindung, dass wir einschliefen, bereit, den Herausforderungen des nächsten Tages gemeinsam entgegenzutreten. Ich erwachte mit einem Ruck, mein Herz raste, als mir klar wurde, dass die Wohnung gespenstisch ruhig und leer war. Panik ergriff mich, als ich mich aufrichtete und den Raum nach irgendwelchen Anzeichen meiner Familie und Freunde absuchte. "Amir? Lana? Ira? Olga?" rief ich, meine Stimme zitterte vor Angst. Es gab keine Antwort, nur die nachhallende Stille, die mich zu umhüllen schien. Mein Geist raste, als ich versuchte, die Situation zu begreifen. Hatten sie mich ohne mich verlassen? War etwas während der Nacht passiert? Die Furcht nagte an den Rändern meines Bewusstseins und drohte, mich zu überwältigen. Ich taumelte aus dem improvisierten Schlafbereich und überprüfte eilig jeden Raum in der Wohnung, meine Schritte hallten im leeren Raum wider. Tante Nadjas Wohnung, einst erfüllt von unserem Gelächter und unserer Kameradschaft, fühlte sich jetzt verlassen und kalt an.

Während ich von Raum zu Raum ging, sank mein Herz bei jedem leeren Platz, den ich vorfand, weiter. Es gab keine Anzeichen meiner Familie und Freunde, keine Notiz oder Nachricht, um ihr Fehlen zu erklären. Es war, als ob sie in der Luft verschwunden wären. Ich stürzte zum Fenster und spähte nach draußen, in der Hoffnung, einen Blick auf sie zu erhaschen, wenn sie von einem frühen Morgengeschäft zurückkehrten. Aber die Straße unten war leer, die Stadt Pavlodar in eine gespenstische Stille gehüllt. Tränen stiegen mir in die Augen, als ich mit dem überwältigenden Gefühl des Verlusts und der Verlassenheit rang. Ich fühlte eine tiefe Verzweiflung, unsicher, wohin ich mich wenden sollte oder was aus den Menschen geworden war, die in dieser neuen und unbarmherzigen Welt zu meinem Lebensfaden geworden waren. Fragen rasten durch meinen Kopf. War etwas Schreckliches in der Nacht passiert? Waren sie in Gefahr? Oder waren sie gegangen, um auf eigene Faust Sicherheit zu suchen, in dem Glauben, dass es der beste Weg sei? Mit schwerem Herzen erkannte ich, dass ich einmal mehr allein in einer Welt war, die zunehmend unvorhersehbar und unbarmherzig geworden war.

Das Gefühl der Verletzlichkeit überwältigte mich, aber ich wusste, dass ich meine Kräfte sammeln und herausfinden musste, was mit meiner Familie und meinen Freunden geschehen war. Ich betrat die Küche, meine Augen noch vom Ärger und der Angst der Momente zuvor feucht. Doch das, was ich dort sah, versetzte mich völlig in Staunen und überwältigte mich mit Emotionen. Um den kleinen, verwitterten Küchentisch standen meine Familie und Freunde, ihre Gesichter leuchteten vor Freude, ihre Augen strahlten von Wärme und Liebe. Eine selbstgemachte "Happy Birthday"-Girlande, aus Papier gefertigt und mit lebendigen Farben verziert, spannte sich quer durch den Raum, schwebte in der Luft, als würde sie die Kluft zwischen meiner Vergangenheit und meiner unsicheren Zukunft überbrücken. Amir, Lana, Ira, Olga, Tante Nadja, meine Mutter und Babushka standen zusammen, ihre Hände um die Girlande gelegt, als wäre sie ein Symbol für die Bindungen, die uns alle zusammenhielten. Der weiche, flackernde Schein von Kerzen, die im Raum verstreut waren, warf ein warmes und einladendes Licht, das das frühere Gefühl der Leere vertrieb.

"Alles Gute zum Geburtstag, Nikolai!" sangen sie im Chor, ihre Stimmen voller echter Freude und Zuneigung. Tränen stiegen mir wieder in die Augen, aber diesmal waren es Tränen überwältigender Dankbarkeit und Erleichterung. Ich fand keine Worte, um auszudrücken, wie tief mich ihre Geste berührte. Inmitten einer Welt, die um uns herum zerfallen war, hatten sie sich zusammengefunden, um einen einfachen Geburtstag zu feiern, eine Erinnerung an die bleibende Kraft von Liebe und Verbindung. Als ich mich dem Tisch näherte, begannen sie, eine herzliche Version von "Happy Birthday" zu singen, ihre Stimmen harmonisierten in einer schönen und berührenden Melodie. Der Raum schien mit ihrer gemeinsamen Freude und Feier zum Leben zu erwachen. Der Tisch war mit einer improvisierten Geburtstagstorte geschmückt, hergestellt aus einfachen Zutaten, aber sie war ein Symbol für die Liebe und Mühe, die sie darauf verwendet hatten, diesen Tag für mich besonders zu machen. Teller mit Essen, sorgfältig und aufmerksam zubereitet, füllten den Tisch und luden mich ein, an diesem Moment der Einheit und des Glücks teilzuhaben.

Ich konnte nicht anders, als zu lächeln, mein Herz schwoll vor Liebe für jeden von ihnen. In dieser kleinen, bescheidenen Küche, umgeben von den Menschen, die meine Familie geworden waren, fühlte ich eine tiefe Zugehörigkeit und Dankbarkeit. Wir verbrachten den Morgen damit, Geschichten zu teilen, zu lachen und die einfache Freude des Zusammenseins zu genießen. Es war eine Geburtstagsfeier wie keine andere, ein Zeugnis für die Stärke unserer Bindungen und die Widerstandsfähigkeit des menschlichen Geistes. Als ich die Kerzen auf der improvisierten Torte ausblies, formulierte ich einen stillen Wunsch, nicht nur für mich selbst, sondern für uns alle – Sicherheit zu finden, die Herausforderungen, die vor uns lagen, zu meistern, und die Liebe und Einheit zu bewahren, die uns durch die dunkelsten Zeiten getragen hatten. In diesem Moment wusste ich, dass egal, was die Zukunft bringen mochte, solange wir sie gemeinsam bewältigten, würden wir die Kraft finden, zu bestehen, und die Hoffnung, weiterzumachen. Nach unserer herzlichen Geburtstagsfeier in der kleinen, von Kerzen erleuchteten Küche von Tante Nadjas Wohnung entwickelte sich der Tag weiter in einer warmen und tröstlichen Atmosphäre. Wir versammelten uns alle um den Tisch, teilten eine Mahlzeit, die mit Liebe und Sorgfalt zubereitet worden war. Die improvisierte Geburtstagstorte wurde serviert, und wir genossen jeden Bissen als Symbol unserer Einheit und Widerstandsfähigkeit. Inmitten des Gesprächs und Gelächters, das den Raum erfüllte, sprachen wir über die kommenden Tage, die Herausforderungen, denen wir gegenüberstehen könnten, und die Unsicherheiten unserer Reise. Es war klar, dass unsere Bindung sich angesichts der Widrigkeiten noch verstärkt hatte, und wir waren entschlossen, einander zu unterstützen, egal was vor uns lag. Mit jedem verstrichenen Stunde kam die Unterhaltung auf die Frage, ob wir in unser kleines Dorf zurückkehren oder in Pavlodar bleiben sollten. Die Entscheidung war keine leichte, denn jede Option brachte ihre eigenen Risiken und Unsicherheiten mit sich. Lana, immer praktisch und durchdacht, äußerte ihre Bedenken. "Nach Hause zu gehen könnte in gewisser Hinsicht sicherer sein. Wir kennen die Gegend, und wir haben dort Familie und Freunde.

Aber wir wissen auch, dass sich die Dinge geändert haben, und wir können nicht sicher sein, was uns erwartet." Amir, immer optimistisch, meldete sich zu Wort. "Das Hierbleiben könnte uns Zugang zu mehr Ressourcen und Informationen verschaffen. Wir könnten versuchen, eine Gruppe Überlebender zu finden oder uns einer Gemeinschaft anschließen. Aber es ist eine große Stadt, und es könnte genauso unsicher sein wie unser Dorf." Ira, normalerweise ruhig, aber einfallsreich, bot ihre Perspektive an. "Egal, wohin wir gehen, wir sollten zusammenbleiben. Unsere Stärke liegt in unserer Einheit. Und wir dürfen nicht vergessen, dass wir einander haben." Olga, die Praktische, fügte ihre Gedanken hinzu. "Wir müssen einen Plan machen, unsere Optionen sorgfältig abwägen und auf das vorbereitet sein, was auch immer wir entscheiden. Und wir sollten heute feiern, als Nikolais Geburtstag, als Erinnerung an die Liebe und Verbindung, die uns aufrechterhalten." Meine Mutter und Tante Nadja, die Stimmen von Weisheit und Erfahrung, betonten die Bedeutung von Familie und Einheit in Krisenzeiten. Sie sprachen von der Widerstandsfähigkeit unserer Vorfahren, die mit ihren eigenen Herausforderungen konfrontiert waren, und den Werten, die sie an uns weitergegeben hatten. Nach viel Diskussion und Überlegung kamen wir zu einem Konsens. Morgen Abend würden wir uns auf die Reise zurück in unser kleines Dorf begeben, wo wir unsere Wurzeln hatten und wo unsere Herzen wirklich hingehörten. Aber heute, an diesem Tag des Feierns und der Gemeinschaft, würde dazu gewidmet sein, die Bindungen zu ehren, die uns durch die dunkelsten Zeiten geführt hatten. Als wir diese Entscheidung trafen, fühlte ich eine tiefgreifende Dankbarkeit für die Menschen um mich herum. Angesichts einer unsicheren Zukunft war unser Engagement füreinander unerschütterlich. Und an diesem besonderen Tag feierten wir nicht nur meinen Geburtstag, sondern auch die anhaltende Stärke der Familie und die Widerstandsfähigkeit des menschlichen Geistes. Die Stunden vergingen, und der Feiertag ging allmählich in die Stille der Nacht über. Wir hatten gemeinsam gegessen, Geschichten und Lachen geteilt und uns im Wohlgefühl unserer Gemeinschaft gesonnt.

Die Erinnerung an meine Geburtstagsfeier würde
für immer in meinem Herzen eingebrannt sein als
Beweis für die Stärke der Familie und die Kraft der
Liebe. Als die Nacht über Pavlodar hereinbrach, lag
ich in der improvisierten Schlafzone, umgeben von
meiner Familie und meinen Freunden. Lana war auf
der einen Seite eingeschlafen, ihr rhythmisches
Atmen ein tröstliches Wiegenlied. Amir und Ira
waren auf der anderen Seite, ihre friedlichen
Gesichtsausdrücke ein Zeugnis der Bindungen, die
wir teilten. Aber trotz der Erschöpfung, die auf
meinem Körper lastete, blieb der Schlaf schwer zu
finden. Die Ereignisse der letzten Tage, die
Unsicherheit unserer Reise und die tiefgreifenden
Veränderungen in der Welt draußen lasteten schwer
auf meinem Gemüt. Ich starrte an die Decke, meine
Gedanken ein Wirbelwind aus Emotionen und
Fragen. Wie konnte unsere Welt zu diesem Punkt
kommen? Was hatte die katastrophalen Ereignisse
verursacht, die das Ende des Lebens, wie wir es
kannten, herbeigeführt hatten? Und was erwartete
uns, während wir zurück in unser Dorf gingen? Die
Wohnung war ruhig, nur erleuchtet vom schwachen
Schein einer einzelnen Kerze, die in der Ecke des
Raumes brennend zurückgelassen worden war.

Ihr flackerndes Licht warf tanzende Schatten an die Wände, eine Erinnerung an die Zerbrechlichkeit unserer Existenz. Ich konnte das leise und gleichmäßige Atmen meiner Lieben hören, ein tröstlicher Klang, der mich hätte einschläfern sollen. Aber mein Geist war unruhig, voll von Gedanken darüber, was die Zukunft bringen könnte. Ich bewegte mich leicht, versuchte eine bequemere Position auf dem improvisierten Bett zu finden. Lana regte sich neben mir, ihre Hand fand meine und verflocht unsere Finger. Ihre Berührung war wie ein beruhigender Balsam, eine Erinnerung daran, dass ich in meiner Wachsamkeit nicht allein war. Während ich dort lag, begann mein Geist abzudriften und über die Reise nachzudenken, die wir begonnen hatten. Jeder Schritt war von Herausforderungen und Unsicherheiten geprägt, aber wir hatten sie gemeinsam bewältigt, vereint durch einen gemeinsamen Zweck und ein unerschütterliches Engagement füreinander. Die Welt draußen mochte zusammengebrochen sein, aber innerhalb der Wände dieser kleinen Wohnung hatte ich einen Zufluchtsort der Liebe und Unterstützung gefunden.

In der Dunkelheit flüsterte ich Worte des Dankes an das Universum für die Menschen, die meine Familie geworden waren, für ihre unerschütterliche Präsenz in meinem Leben. Draußen war die Stadt Pavlodar von Stille umhüllt, ein deutlicher Kontrast zu der geschäftigen Metropole, die sie einst war. Die Straßen, die einst vor Leben pulsierten, waren jetzt leer, die Überreste einer Welt, die für immer verändert worden war. Ich schloss die Augen und hoffte, dass der Schlaf mich schließlich beanspruchen würde. Aber während ich dort lag, umgeben von der Stille der Nacht und der Liebe derer, die am meisten zählten, konnte ich nicht umhin, mich zu fragen, welche neuen Herausforderungen uns auf der Reise zurück in unser Dorf erwarteten und wie unsere Bindungen weiterhin unser Schicksal in dieser sich ständig verändernden Welt formen würden. Mit jedem verstrichenen Stunde wälzte ich mich weiter im Bett, unfähig, die Ruhe des Schlafes zu finden. Die Last der Welt draußen, die Unsicherheit unserer Reise und das ständig präsente Gefühl der Vorahnung hingen über mir wie ein schwerer Schleier.

Mit jedem vergehenden Moment wurde immer deutlicher, dass der Schlaf ein schwer fassbarer Begleiter war. Frustriert und rastlos beschloss ich, den improvisierten Schlafbereich zu verlassen und mich auf den Balkon von Tante Nadjas Wohnung zu begeben. Die Nachtluft war kühl, und der Mond hing tief am Himmel, indem er einen silbernen Glanz über die Stadt Pavlodar warf. Ich stand dort, lehnte mich gegen das Geländer und blickte auf die stille Stadtlandschaft unter mir. Die einst lebendigen Straßen waren jetzt gespenstisch leer, ein Zeugnis der tiefgreifenden Veränderungen, die durch unsere Welt gefegt waren. Es war, als ob die Essenz des Lebens selbst aus der Stadt abgesaugt worden wäre. Nach ein paar Minuten der Einsamkeit spürte ich eine sanfte Hand auf meiner Schulter. Erschrocken drehte ich mich um und sah Olga neben mir stehen, ihr Ausdruck spiegelte meine eigene Unruhe wider. Wir tauschten ein stummes Einverständnis aus, bevor sie sprach, ihre Stimme leise in der Stille der Nacht. "Ich konnte auch nicht schlafen", gestand sie, ihre Augen spiegelten dieselbe Unsicherheit wider, die auf meinem Herzen lastete. Ich nickte verständnisvoll, mein Blick kehrte zur mondbeleuchteten Stadt zurück. "Es fühlt sich einfach nicht richtig an", gestand ich, während ich versuchte, die Unruhe zu beschreiben, die sich in meiner Brust niedergelassen hatte. Olga lehnte sich am Geländer des Balkons an, ihre Augen durchstreiften die ruhigen Straßen unter uns. "Ich weiß, was du meinst", sagte sie leise. "Es ist, als ob die Welt selbst den Atem anhält, auf etwas wartet... etwas, das wir nicht ganz begreifen können." Wir verfielen in ein nachdenkliches Schweigen, die Nachtluft um uns erfüllt von unausgesprochenen Fragen und Ängsten. Die zwischen uns geschmiedete Verbindung, geprägt durch gemeinsame Erlebnisse und Herausforderungen, ermöglichte es uns, ohne Worte zu kommunizieren, die Gedanken und Emotionen des anderen zu verstehen, ohne dass es einer Erklärung bedurfte. "Ich mache mir Sorgen darüber, was uns bevorsteht", gab ich schließlich zu, meine Stimme kaum mehr als ein Flüstern. "Unsere Rückreise nach Hause... das Unbekannte, das uns erwartet." Olga legte beruhigend ihre Hand auf meine Schulter, ihre Berührung erdend und tröstlich. "Wir haben schon früher Herausforderungen gemeistert, Nikolai", sagte sie, ihr Blick unerschütterlich.

"Und wir sind immer gemeinsam durchgekommen. Unsere Stärke liegt in unserer Einheit, in der Liebe und Unterstützung, die wir einander geben." Ich nickte, Kraft schöpfend aus ihren Worten und der Anwesenheit der Freundin, die wie Familie geworden war. "Du hast recht", sagte ich, meine Stimme gefestigter. "Egal, was die Zukunft bringt, wir werden es gemeinsam bewältigen. Das haben wir immer getan, und das werden wir immer tun." Als wir dort auf dem Balkon standen, diente unsere gemeinsame Entschlossenheit und die unzerbrechliche Bindung von Freundschaft und Familie als ein Leuchtfeuer der Hoffnung angesichts des Unbekannten. Die Nacht setzte ihre ruhige Wache über die schlafende Stadt fort, aber innerhalb der Grenzen dieses kleinen Balkons fanden zwei Seelen Trost in der Gesellschaft des anderen, bereit, sich den Herausforderungen der kommenden Tage zu stellen. Der Balkon, einst ein einsamer Rückzugsort, wurde bald ein Treffpunkt für uns alle. Einer nach dem anderen gesellten sie sich zu Olga und mir, angezogen von der gemeinsamen Unruhe, die uns die ganze Nacht wachgehalten hatte. Als Erste kam Lana, ihre Anwesenheit ein Balsam für meine gequälte Seele.

Sie umarmte mich fest, als wollte sie all die
ungesagten Worte übermitteln. Ich hielt sie nah,
fand Trost in der Wärme ihrer Umarmung und
wusste, dass wir gemeinsam in dieser unsicheren
Welt waren. Amir folgte, sein Ausdruck eine
Mischung aus Erschöpfung und Entschlossenheit.
Er trat auf den Balkon und nickte uns zu, seine stille
Anerkennung ein Zeugnis für die unausgesprochene
Verbindung, die uns vereinte. Dann kamen sie einer
nach dem anderen. Zuerst war es Mama, ihre Augen
spiegelten die Besorgnis einer Mutter um ihr Kind
wider. Sie küsste meine Stirn und flüsterte Worte
der Liebe und Beruhigung, die die Angst in meinem
Herzen linderten. Babushka folgte, ihre
Anwesenheit eine erdende Kraft in unserem Leben.
Sie trug ihr verwittertes Lächeln, eine stille
Erinnerung an die Stärke und
Widerstandsfähigkeit, die durch Generationen
weitergegeben wurden. Und schließlich gesellte
sich die Familie Klassen und unsere Freunde zu uns
auf den Balkon. Amir, Ira, Lana, Olga und ich
standen Seite an Seite mit Tante Nadja. Die
Bindungen von Freundschaft und Familie hatten
uns alle zusammengebracht und eine Verbindung
geschaffen, die über das Chaos der Welt draußen

hinausging. Die Gespräche flossen frei in der Stille des frühen Morgens. Wir teilten Geschichten aus der Vergangenheit, Momente des Lachens und sogar gelegentliche Tränen. Unsere Stimmen erfüllten die Luft, eine Symphonie von Hoffnung und Zusammengehörigkeit, die in der Stille der Stadt widerhallte. Tante Nadja, mit ihrer unerschöpflichen Energie, erzählte uns von ihren Abenteuern in ihrer Jugend, ein krasser Kontrast zum gegenwärtigen Zustand der Welt. Tante Nadja, immer der Optimist, bot Worte der Weisheit und Ermutigung an, und erinnerte uns daran, dass selbst in den dunkelsten Zeiten ein Weg nach vorne existierte. Auch wir Kinder, zu jung, um die Tragweite der Situation vollständig zu begreifen, spielten unter sich, ihr Lachen eine Erinnerung an die Widerstandsfähigkeit unserer Zeit. Sie dienten als Quelle des Lichts inmitten der Unsicherheit, ein Zeugnis für den anhaltenden Geist des menschlichen Herzens. Als die Morgensonne begann, ihre warme Umarmung über die Stadt zu werfen, schaute ich mich um bei den Gesichtern, die meine Familie geworden waren. Wir waren eine vielfältige Gruppe, durch Zufall und Umstände zusammengebracht, und dennoch waren wir in diesem Moment vereint durch etwas weit Tiefergehendes – ein gemeinsames Gefühl von Zweck und eine Liebe, die keine Grenzen kannte. Ich holte tief Luft und ließ die kollektive Stärke unserer Bindungen über mich hinwegspülen. Die Welt draußen mochte von Chaos und Unsicherheit gezeichnet sein, aber innerhalb der Begrenzungen dieses kleinen Balkons hatten wir einen Zufluchtsort der Liebe und Unterstützung gefunden. Angesichts des Unbekannten hatten wir einander. Und während wir zusammenstanden, bereit, den Herausforderungen der Zukunft ins Auge zu sehen, wusste ich, dass wir durch einen unzerbrechlichen Faden von Hoffnung und Widerstandsfähigkeit verbunden waren, der uns durch die kommenden Tage führen würde. Während die Morgensonne weiter Aufstieg und ein blasses und melancholisches Licht über die Stadt Pavlodar warf, umhüllte uns die Stille wie ein schwerer Schleier. Wir standen auf dem Balkon, nicht in Feier, sondern in stiller Akzeptanz des Unvermeidlichen. Amir, Lana, Ira, Olga und ich blieben zurück, unsere Stimmen verstummt durch das Gewicht unseres unausweichlichen Schicksals. Wir sahen zu, wie die Sonne, einst ein Symbol der

Hoffnung und Wärme, den Himmel erklomm, aber heute lag keine Freude in ihrem Licht. In diesem Moment der stillen Besinnung wussten wir, dass uns unsere Reise hierhergeführt hatte, ans Ende aller Dinge. Wir hatten eine Welt in Aufruhr durchquert, den Zusammenbruch der Gesellschaft miterlebt, und jetzt standen wir zusammen als Zeugen des finalen Akts. Es gab keine Worte, um die Tiefe unserer Trauer auszudrücken, kein Trost in Plattitüden oder Gebeten zu finden. Wir hatten uns dem Unbekannten mutig gestellt, aber am Ende waren wir machtlos gegenüber den unaufhaltsamen Kräften der Natur. Und als die Sonne ihren Zenit erreichte, entfaltete sich vor uns ein kataklystisches Ereignis. Der Boden bebte unter unseren Füßen, und Gebäude schwankten, als ob sie trauern würden. Die Erde selbst schien vor Schmerz zu stöhnen, und es gab keinen Ort, an dem wir uns vor der drohenden Katastrophe verstecken konnten. Mit einem ohrenbetäubenden Dröhnen gab der Boden selbst unter uns nach, und die Stadt Pavlodar zerfiel zu Ruinen.

Der Himmel, einst eine Leinwand der heiteren Schönheit, verdunkelte sich, als ein gnadenloses Inferno aus den Tiefen der Erde ausbrach. Feuer verschlang alles in seinem Weg, und die Welt wurde in einem leuchtenden Feuerbad getaucht.

Wir sind nun nicht mehr als kosmischer Staub, der anmutig durch die Galaxien tanzt....

Und es ist so einfach, die Sonne, die Erde, unsere Existenz, und doch selbst in ihren letzten Momenten schön.

Fyodor Dostoevsky

INS DEUTSCHE ÜBERSETZT
FÜR MEINE ELTERN <3

ÜBER ERIK MERKEL

Erik Merkel, 2007 in Lüdenscheid geboren, absolviert derzeit sein Abitur in TI. Neben der Eroberung der digitalen Welt taucht er gerne in Bücher und Literatur ein. Mit nur 16 Jahren hat er bereits sein Debütbuch "Sunset of Our World" veröffentlicht und selbst ins Deutsche übersetzt als "Der Sonne letztes Feuerwerk". Eriks Multitalent vereint sein akademisches Talent mit seiner Liebe zu Technologie und den Künsten.

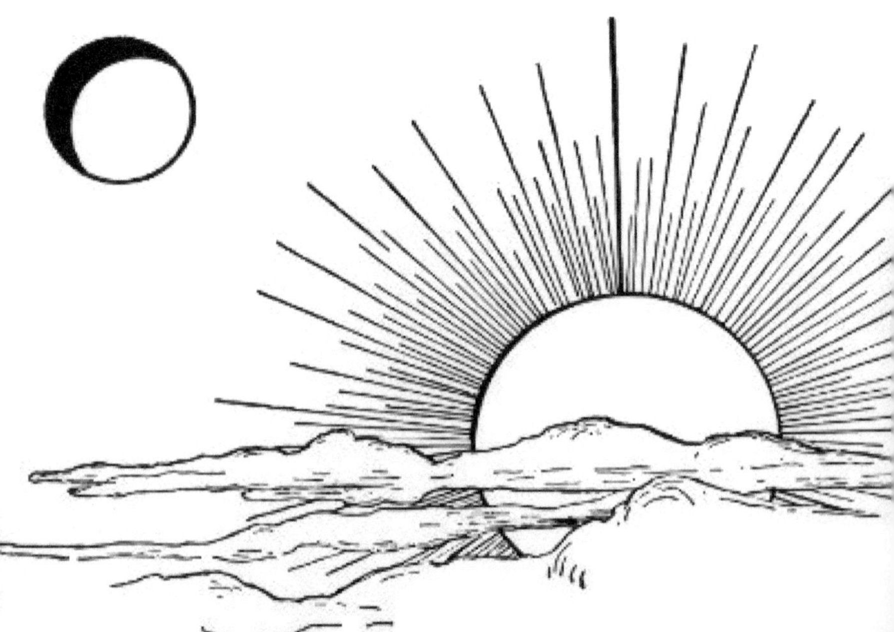

Scan me